Diogenes Taschenbuch 22636

de
te
be

W0035332

Viktorija Tokarjewa

Happy-End

Aus dem
Russischen von
Angelika Schneider

Diogenes

Originaltitel:
›Хэппи энд‹ (›Chéppi énd‹)
Die Erstausgabe erschien 1991
im Diogenes Verlag
Umschlagillustration:
Félix Vallotton, ›Amoureux au paravent‹,
1898 (Ausschnitt)

Veröffentlicht als Diogenes Taschenbuch, 1994

Inhalt

Piroggen

Den ganzen Samstag über buken sie Piroggen, und den ganzen Sonntag lang aßen sie sie auf. Die Piroggen waren mit Fleisch, mit Kohl, mit Äpfeln, mit Kirschen und mit Kartoffeln gefüllt. Und die mit Kartoffeln waren – noch heiß – ganz besonders gut. Elja aß ganze vier Stück davon, ihr Magen war so überdehnt, daß ihr das Zwerchfell wehtat, und sie fühlte sich so vollgefressen und unbeweglich wie ein schwangeres Nilpferd.

Elja schaute voller Entsetzen, aber mit einem gewissen ethnografischen Interesse auf die Alten, die Eltern ihres Mannes. Sie saugten das Essen in sich ein wie Staubsauger. Dann wälzten sie sich – im wahrsten Sinne des Wortes – auf ihren Stühlen hin und her, ließen sich zurückfallen und begannen ein Lied zu krähen. Es sangen drei Generationen: die alten Kisljuks, der Sohn und der Enkel Kirjuscha. Und alle vier waren ganz entschieden glücklich. Vor allem die Alte. Wie sollte sie sich auch nicht freuen? Sie hatte schwere Zeiten mitgemacht, hatte Heißes und Kaltes probiert. Als sie im Jahre dreißig heiratete, hatte sie nicht einmal

Unterwäsche. Unterhemd und Unterhose hatte sie sich aus Transparenten genäht. Auf der Hose waren weiße Ölfarbenbuchstaben zu sehen. Die Farbe ging dann beim Waschen raus, aber die Buchstaben waren immer noch zu sehen. Irgendwas mit ›Es lebe…‹. Armut und Hunger herrschten damals, die einzige Freude war ihre Jugend. Aber daß man jung ist, spürt man nicht, und der Hunger färbt dir das Weiße im Auge grünlich. In den dreißiger Jahren hungerte die Ukraine. Und im Krieg hungerte sie auch. Nach dem Krieg, im Jahre sechsundvierzig, kam eine große Dürre. Da aß man immer auf Vorrat: wer weiß, ob es morgen noch was gibt…

Das Leben der Alten war rauh gewesen, aber je schlimmer die Zeiten, desto süßer die Träume. Und wenn man damals von der ›lichten Zukunft‹ träumte, dann dachte man immer an einen Tisch, der von Piroggen überquoll.

Und jetzt waren sie da, diese lichten Tage, da waren die Piroggen – mit Fleisch, mit Kirschen und mit Kartoffeln gefüllt. Ihr Sohn Tolik war erwachsen geworden, hatte eine Hochschulbildung bekommen; er war jetzt Jurist im Bergwerk, saß hoch über der Erde und atmete frische Luft, nicht wie der alte Kisljuk, der sein ganzes Leben unter Tage verbracht hatte wie ein Maulwurf und dessen Lungen voller Kohlenstaub waren. Der Enkel Kirjuscha war ein hübsches Kerlchen, ein schlauer Bursche, niemand sonst hatte so ein Kind. Nur war er ein bißchen zu sehr nach der Schwiegertochter geraten, ein bißchen dünn, wie ein Wildkarnickel. Aber ganz egal nach wem er geraten war, und wenn's nach dem Hitler gewesen wäre, Hauptsache, niemand nahm ihn ihr weg. Als der Enkel zur Welt kam, verjüngte sich das Haus, sie lebte vor sich hin und wollte nicht sterben. Irgendwie spürte sie das Alter gar nicht, aber vor ihr lag nur noch eine kurze Lebenszeit. Früher war sie oft ungeduldig gewesen, wollte, daß die Zeit schneller verginge. Aber jetzt flogen die Tage nur so vorbei, kaum daß man sie am Schwanz zu fassen bekam. Kaum war der Winter da, da wurde es schon wieder Sommer. Früher zählte sie Montag, Dienstag, Mittwoch, Donnerstag. Und jetzt Frühling, Sommer, Herbst, Winter. Sie legte sich schlafen und wußte nicht, ob sie noch mal aufwachen würde. Aber man lebt halt nur ein Leben; höher als man selbst hoch ist, kann man nicht springen. Alles, was lebt, denkt an das Leben. Die Kisljuks hatten ihren Garten, ihre Gemüsebeete: Vitamine das ganze Jahr über. Sie mästeten Schweine, hielten Truthähne. Der ganze Tag war ausgefüllt mit Arbeit, von morgens bis abends, kaum daß man

Zeit hatte, sich umzudrehen. Wie man sich bettet, so liegt man. Man müht sich ab, zieht ein Vieh groß. Ist es groß, wird es verkauft. Ist es verkauft, gibt's Geld. Gibt's Geld, gibt man es aus. Hat man's für was ausgegeben, kann man sich freuen. Und dann wieder von vorne. Und das Leben ist ganz klar. Man lebt selbst und hilft noch den Kindern, Gott sei Dank muß man dem Sohn nicht in die Tasche langen.

Und trotzdem ist die Schwiegertochter nicht zufrieden, sitzt da, als hätte sie Kletten unterm Hintern. Warum ist sie bloß nicht froh? Was will sie noch? Sollte lieber noch drei Kinder gebären, solange sie noch nicht zu alt dazu ist. Aber die alte Kisljuk mischt sich nicht ein, geht niemandem mit Ratschlägen auf die Nerven. Der Sohn hat sie sich ausgesucht, er muß mit ihr leben. Sonst lassen sie sich vielleicht noch scheiden und nehmen ihr das Kind weg, Gott bewahre. Soll alles bleiben wie es ist, wenn's nur nicht schlechter wird.

Elja steckte sich eine Zigarette an.

»Rauch nicht«, sagte die Alte gebieterisch. »Hier ist ein Kind, das muß sonst mitrauchen.«

»Na, ist ja schon gut«, verteidigte Tolik Elja.

Tolik bemühte sich nach Leibeskräften, daß Elja es bei den Alten gut hatte, aber sie lebten einfach in verschiedenen Welten. Seine Mutter betonte dauernd das Wort ›umsonst‹. Elja brauchte weder die Piroggen noch die Schwiegereltern, noch deren Vorwürfe. Tolik brauchte sowohl seine Eltern als auch Elja, rutschte zwischen ihnen hin und her, sein Herz vibrierte nur so und war ganz erschöpft davon.

»Was heißt hier ›ist schon gut‹! Bist du der Vater oder nicht?«

Elja stand auf und ging aus der Isba*.

Es dämmerte. Auf dem Hof stand ein Tisch. Im Tisch war ein großes Loch für den Stamm der alten Eiche, und es sah so aus, als sei die Eiche durch den Tisch gewachsen und entfaltete ihre große Krone über ihm. Neben dem Stamm türmten sich die Schweine aufeinander wie ein einziger großer Fettberg. Elja kam es so vor, als fehle nicht mehr viel und sie würde sich selbst in so eine grunzende Masse mit Augen verwandeln.

Alles hatte damit angefangen, daß ihre Mutter Ilja geheiratet hatte und er bei ihnen eingezogen war. Elja war schon Studentin im zweiten Studienjahr in der Textilhochschule, und sie war es gewohnt, für die Mutter die Hauptperson zu sein. Und jetzt waren da zwei Hauptpersonen, eine Doppelherr-

* Russisches Holzhaus

schaft. Damit war ein Machtkampf in Gang gekommen. Er wurde aber nicht offen ausgetragen, sondern schwelte kaum wahrnehmbar zwischen allem. Es knisterte. Auf diesem Spannungshintergrund bewegte sich Ilja durch die Wohnung, aß, trank und schlief. Er hatte die Angewohnheit, mit nacktem Oberkörper in Schlafanzughosen herumzulaufen. Unter seinen Achseln quoll ein rostbraunes Haargestrüpp hervor. Auf Brust und Bauch kringelte sich ein graues Fell. Ilja kratzte sich den Bauch geräuschvoll, und wenn man nicht hinsah, sondern ihn nur hörte, dachte man, eine Kuh kratzt sich am Zaun. Dabei dröhnte Ilja:

»Frau, liebst du mich?«

Die Mutter kicherte und bewegte sich mit der ungeschickten Grazie eines Zirkuspferdes durch die Wohnung, wobei sie bemüht war, auf ihren Wegen Ilja in die Hände zu fallen. Ilja nahm herablassend mit zwei Fingern ihre Wange und kniff hinein. Das war Zärtlichkeit. Die zwanzigjährige Elja dachte, daß Liebe nur für Zwanzig-, na vielleicht noch für Dreißigjährige existiert. Aber mit fünfzig... Mit fünfzig war so was widernatürlich und peinlich, und wenn es schon passierte, sollte man es verstecken, geheimhalten, mit gesenktem Blick herumlaufen, aber nicht auch noch wiehern wie Kriegsveteranen-Gäule.

Aus Protest kaufte sich Elja ihre eigenen Lebensmittel. Ilja stibitzte ihr öfter mal was, und wenn Elja ihn dabei ertappte, witschte er aus der Küche wie eine Ratte und kaute weiter. Und so was mit über fünfzig! Dem ersten Jubiläum. Elja hatte keine Lust, mit ihm zu reden, schrieb ihm nur Zettel. Er antwortete ihr ebenfalls schriftlich. Die Mutter war zwischen ihren beiden Lieben hin- und hergerissen. Schließlich zog Elja ins Studentenwohnheim.

Im Studentenwohnheim standen die Betten eng beieinander wie im Krankenhaus. Die Studentinnen lernten schlecht, mit Widerwillen. Sie dachten immer an ein und dasselbe und redeten auch nur davon. Milka Nikaschina, deren Bett am Fenster stand, kaufte bei einem Trödler einen japanischen Wandschirm und heiratete sozusagen. Und allen war es peinlich, wenn hinter dem Wandschirm angespannte, beredte Stille herrschte. Elja ging aus dem Zimmer. Nach Hause wollte sie nicht. Sie wußte nicht wohin, und so schlenderte sie ziellos durch die Straßen und ging dann ins Kino *Ars*. Der Film handelte auch wieder von Liebe, und Elja kam es so vor, als ob alles Lebende nichts anderes im Sinn hätte als aneinander zu kleben, und selbst die Fliegen, die Swastiken in die Luft zeichneten, schafften es, miteinander zu kopulieren, ohne dabei mit dem Zeichnen aufzuhören. Die Welt war verrückt geworden.

Eines Tages lernte Elja im Kino Tolik Kisljuk kennen. Er verkaufte ihr eine überzählige Karte. Es stellte sich heraus, daß Tolik auch Student war, Jurastudent, aus einer fremden Stadt und daß er auch im Studentenwohnheim wohnte. Er sah aus wie ein unglücklicher deutscher Kriegsgefangener: bläßlich, blauäugig, mit einem Eierkopf, nichts Besonderes. Das Gute an Tolik war, daß er sie nicht angrabschte. Er kam zu ihr wie ein Bruder und saß friedlich neben ihr. Dann gingen sie zusammen spazieren. Elja ging gern spazieren, sie brauchte Bewegung. Sie redeten über nichts Besonderes, über Alltagskram, aber neben Tolik fühlte Elja Wärme und Geborgenheit, wie zu Hause, bevor Ilja eingezogen war. Eines Tages küßten sie sich, und Tolik brach in Tränen aus vor Rührung. Dann küßten sie sich immer, und da Elja nichts Besseres hatte, gewann sie Tolik allmählich lieb. Diese Liebe hatte den Beigeschmack von Herablassung, aber trotzdem war es Liebe. Tolik gehörte ganz ihr. Er steckte von den Füßen bis zum Scheitel ganz in Elja und wollte nicht raus. Etwas Eigenes in fremde Hände zu geben, fand Elja schade, also heiratete sie Tolik.

Zuerst lebten sie in Untermiete, dann mieteten

sie ein winziges Loch von einer Wohnung. Die Armut quälte sie. Und dann kam auch noch Kirjuschka auf die Welt. Die Mutter wollte ihn zu sich nehmen, riskierte ihr eigenes Glück. Denn Kirjuschka war so dürr und bläulich, hol der Teufel das eigene Glück, wenn nur das Kind überlebte. Elja nahm das Opfer nicht an, und schließlich brach sie ihre Ausbildung ab, und sie zogen nach Letitschew. Das war nur dem Namen nach eine Stadt. Wahrscheinlich war Letitschew nicht mal auf Militärkarten vermerkt. Hühner liefen über die Straße. Es gab ein Kaufhaus und ein Kino. Das war Toliks Heimat. Hier wohnten seine Alten. Tolik war ein solider Mensch, er hatte von allem nur ein Exemplar: eine Liebe, eine Heimat, ein Leben...

Elja ließ die Zigarette fallen. Die Zigarette fiel auf ein Schwein. Das Schwein schaukelte den Fettberg sanft hin und her und grunzte. Der Sonntag ging zu Ende.

Morgen war Montag, dann Dienstag. Dann Mittwoch – die Mitte der Woche, und dann kam schon bald Donnerstag und Freitag. Am Samstag wurden Piroggen gebacken, und am Sonntag wurden sie gegessen. Und das war es. Mehr gab's nicht zu sehen... Tolik kam heraus und blieb hinter ihrem Rücken stehen.

»Wenn du willst, dann nehmen wir Kirjuscha zu uns, sonst entfremdet sich uns das Kind noch«, sagte Tolik schuldbewußt.

»Er entfremdet sich uns, aber er gewöhnt sich schon wieder an uns, und dann entwöhnt er sich auch wieder. Er hat noch das ganze Leben vor sich . . .«

Elja stand da, fremd und hart. Tolik erschrak, drückte sie mit beiden Armen an sich, um den Abstand zu verringern. Er preßte sie an sich und zitterte wie ein Zeisig im Frost. Elja tat ihm leid. Er liebte sie. Es stimmte, daß diese Liebe mehr und mehr wie Haß aussah, aber trotzdem war es Liebe.

Die Dämmerung machte die Schweine unsichtbar. Die Luft roch nach dem nahen Wald und dem Wasser des Flusses. Die Welt war ruhig und friedlich, und es war gut zu wissen, daß es morgen auch so sein würde, aber gleichzeitig war es auch unerträglich zu wissen, daß es morgen auch so sein würde. Ihr Herz zersprang fast. Und alles wegen Ilja. Wäre Ilja nicht gewesen, wäre ihr weder das mit Tolik passiert noch das mit Letitschew.

Am Montag ging Elja zur Arbeit. Sie ging die in der Stadt einzige – und deshalb Hauptstraße genannte – Straße entlang, und sie wußte, daß sich jetzt alle die Nasen an den Fensterscheiben plattdrückten, genau musterten, was sie anhatte und den Preis jedes einzelnen Stückes abschätzten.

Wenn die geschiedene dreißigjährige Vera hier entlangging, schauten sie mit weit größerer Leidenschaft hin und suchten an Vera die Stelle, wo sie ihr das Schandmal aufdrücken konnten. Und stellten fest, daß es keine Stelle gab. Nach Meinung der Letitschewer konnte man Vera nicht brandmarken. Elja kannte Veras Leben: Sie hatte mit niemandem was, ihre Jugend ging wie Rauch durch den Schornstein. Es war ganz einfach: Einmal geschieden, war sie raus aus der Festung, außerhalb der Herde, man konnte auf ihr herumtrampeln.

Das Kaufhaus war das einzige zweigeschossige Gebäude in der Stadt. Eljas Büro lag im zweiten Stock. Sie war Einkäuferin. Alle Defizitwaren wurden bei ihr gelagert.

Mit fünfundzwanzig blühte Elja richtig auf: Löckchen, freche Blicke, eine schlanke Taille. Die Schönheit einer Fünfundzwanzigjährigen, das war noch eine zusätzliche Macht, genauso mächtig wie das Defizitwarenlager. Elja hatte also zwei Trümpfe. Aber wofür? Wenn sie in Moskau leben würde, ja dann. ›Nach Moskau, nach Moskau‹ – wie die drei Schwestern bei Tschechow. Moskau würde sie von den Piroggen erlösen, von den Gerüchten und von der Schwiegermutter. In Moskau konnte man eine Berühmtheit treffen oder einen Millionär und mit ihm nach Amerika reisen. Sich vor einem Wolkenkratzer fotografieren lassen und Ilja eine Fotografie schicken. »Da, guck, wo ich bin und wo du bist.« Wie sie als Kinder immer sangen: *»Ich flieg weit weg, und du liegst im Dreck.«*

Aus Eljas Bürofenster sah man auf die Post. Vor der Post standen junge Kerle rum. An den Seitennähten der Hose waren Vorhangringe angenäht. Sie machten auf Cowboy.

Es klopfte, und dann kam der Schuldirektor herein, Nikolaj Anisimowitsch. Ein seltsamer Mann, häßlich, als wenn er aus einem Hund gemacht worden wäre. Er brachte, Dankbarkeit in den Augen, einen Briefumschlag. Die Dankbarkeit sprühte nur so aus seinen Pupillen. Elja hatte seiner Frau zu einem Webpelzmantel verholfen: der war warm und wasserundurchlässig, wenn sie zu Patienten gerufen wurde. Diese Mäntel waren längst aus der Mode gekommen, aber den beiden war die Mode ganz egal.

Elja wartete, daß er seine Danksagungen beendete und endlich ihr Büro verließ. Sie schaute in das Kuvert. Darin lagen zwei Karten für eine Veranstaltung zu je einem Rubel achtzig. Auf der

Rückseite der Karten stand *Genosse Kino*. Das hieß: Nach Letitschew waren Filmschauspieler gekommen, natürlich keine sonderlich berühmten. Die berühmten waren auf Auslandstournee.

Elja seufzte. Sie wußte noch nicht, daß Nikolaj Anisimowitsch ihr mit diesem Briefumschlag ihr Schicksal ausgehändigt hatte. So was kommt vor. Eines schönen Tages kommt ein völlig fremder Mensch, gibt einem ein Kuvert, und schon sind die Weichen gestellt. Von diesem Augenblick an fährt dein Zug schon auf neuen Schienen, und du kannst nichts mehr daran ändern.

›. . . feierlich und schön‹

Ein kräftiger, vitaler älterer Mann betrat die Bühne und rief fröhlich eine Begrüßung in Versform. Alle klatschten, und manche pfiffen sogar vor Entzücken. Das Publikum bestand zur Hälfte aus jungen Leuten. Sie wollten sich amüsieren, ganz egal, was man ihnen vorsetzen würde. Das Licht ging aus. Auf der Leinwand sprang ein junger Tschekist* aus einem Fenster und lief über die Dächer. Er duckte sich hinter einen Schornstein. Mit ihm als Deckung schoß er wild um sich, seine Augen waren fröhlich-verrückt vor Wagemut. Elja erinnerte sich, daß sie diesen Film gesehen hatte, als sie in der dritten Klasse war, als es Ilja noch nicht gegeben hatte und sie nur mit der Mutter zusammen wohnte.

Das Licht ging wieder an, und der Schauspieler aus dem Film kam auf die Bühne. Zwischen der Person im Film und der auf der Bühne lagen fünfzehn Jahre seines Lebens. Man hätte meinen können, daß jemand den jungen Mann von der Lein-

---

* Angehöriger der stalinistischen Geheimpolizei

wand an den Beinen gepackt und mit dem Gesicht nach unten über den Asphalt geschleift hätte: sein Gesicht war ausradiert. Und dann noch mal das Ganze mit dem Gesicht nach oben: dabei waren seine Haare am Hinterkopf ausradiert worden. Das Leben hatte den Mann geschleift. Aber das Publikum empfing ihn mit dankbarer Begeisterung, verzieh ihm alles, was an ihm ausradiert worden war, und dachte sich alles Frühere hinzu.

Elja schaute ins Programm, um seinen Namen zu erfahren. Sein Nachname war Mischatkin. Was kann man mit so einem Namen schon erreichen? Früher hatten die Schauspieler klangvolle Namen: Ostushew, Katschalow, Stanislawski. Aber der hier hatte einen Namen wie für einen Zeichentrickfilm: Mischatkin*. Wenn er ihn wenigstens in Medwedjew** umgeändert hätte... Mischatkin ging ans Mikrofon, hielt sich daran fest, schwankte und fiel fast in den Orchestergraben. Aber dann stand er. Er schaute das Publikum mit seinen einfältigen Mischatkin-Augen an und rezitierte:

>*Ich mach mich auf den Weg allein,*
Durch dichten Nebel blinkt der Pfad.

* Vom russischen Wort für Maus
** Vom russischen Wort für Bär

21

Still ist die Nacht, die Wüste spricht zu Gott,
Und flüsternd ist ein Stern dem andern nah.«

Elja erinnerte sich, daß das Verse von Lermontow waren, aber Mischatkin trug sie vor, als seien sie von ihm selbst. Er trug sie nicht einmal vor, eher sprach er sie einfach vor sich hin, als hätte er sie gerade zusammengereimt und probiere sie jetzt laut aus. Alle anderen Künstler, die Elja je gehört hatte, trugen Klassisches feierlich vor, wie auf Zehenspitzen, verstellten die Stimme, vibrierten mit Augenbrauen und Stimme. Aber der hier saugte Lermontow in sich, und plötzlich wurden er und Lermontow identisch.

»Im blauen Strahlenkranz die Erde ruhte
In ihrem Bett am Himmel, feierlich und schön.«

Elja bekam auf dem Kopf eine Gänsehaut. Wie genau das war. Wie sich hier ganz einfache Worte in der einzig möglichen Kombination zusammengefunden hatten. Und was für ein kosmischer Schwung. Das blaue Flimmern um die Erde hatten die Astronauten in der Mitte des zwanzigsten Jahrhunderts gesehen, aber Lermontow hatte das schon hundert Jahre im voraus geahnt. Das war Genie. Genauso hatte Elja gestern allein dagestanden, wenn auch nur auf der Schwelle, nicht auf dem Weg. Der Himmel war ebenso feierlich und wunderbar gewesen, aber sie hatte nicht einmal hinaufgeschaut. Was hatte sie gesehen? Ein Schwein unter einem Baum und weiter nichts.

»Warum ist mir so schwer, so weh zumute?«

fragte Mischatkin noch leiser als vorher weiter.

»Erwart' ich wen? Bedau're ich etwas?«

Elja weinte. Tolik nahm ihre Hand. Aber was war schon Tolik …

»Nichts mehr erwarte ich vom Leben«,

sagte Mischatkin einfach, ohne Selbstmitleid.

»Und die vergang'nen Schmerzen ich vergaß.«

Mischatkin bemitleidete sich nicht, aber die Cowboys im Saal waren stellvertretend für ihn betrübt. Sie wurden still.

Elja spürte plötzlich ganz klar, daß sie zu Größerem geschaffen war. Sie gehörte zu Lermontow und Mischatkin. Auch sie wollte alles vergessen und träumen, aber keine kalten Grabesträume, sondern Träume von besseren Zeiten, von Moskau, von Amerika.

Mischatkin erwachte aus Ekel vor dem Leben. Er ließ seinen Blick durch das Zimmer schweifen. Entsetzen kroch in ihm hoch: Im Zimmer waren viele Betten. War er etwa in der Klapsmühle gelandet? Aber neben dem Spiegel stand sein Kollege, der Schauspieler Minajew, ein dreißigjähriger Schönling, der sein Gesicht mit einem Massagebügeleisen glättete. Vielleicht war auch Minajew verrückt geworden? Vor lauter Schönheit übergeschnappt? Aber das war unwahrscheinlich. Minajew war eine kleine Fabrik, die ausschließlich damit beschäftigt war, sich selbst zu reproduzieren. Morgens trank er warmes Wasser und lief zehn Kilometer, egal an welchem Ende der Welt er sich befand. Sogar in Paris, als er im Hotel aufgewacht war, trank er sein heißes Wasser aus einer Thermosflasche und joggte fünf Runden über die Champs-Elysées. Egal, was auch immer passieren würde, selbst wenn – Gott bewahre – ein Krieg ausbräche, dann würde Minajew zur Entschlakkung sein Glas Wasser hinunterkippen, und los ginge es, in Richtung Kraft, Gesundheit und Schönheit. Na ja, man konnte ihn verstehen, wenn er sein Hemd auszog, sah das ganze Land seine gewölbte Brust, seine Zähne, einer neben dem anderen, seine Haare, die geschmeidig und glänzend waren wie das Fell eines gesunden Hundes.

Er war schon ein echter Belmondo *à la russe*. Und seine Frau war eine Schönheit und das Kind ein Prachtkind, und dazu hatte er noch die Schwiegermutter als Gratis-Kindermädchen. Er besaß einen Shiguli, neuestes Modell, und eine vom Staat bezahlte Wohnung. Er hatte alles und alles gratis.

In Mischatkins Brust brannte Ekel und Kränkung. Dabei hatte vor fünfzehn Jahren alles so gut angefangen. Schon im zweiten Studienjahr hatte er eine Hauptrolle bekommen. Er kam in keinen Autobus rein, alle erkannten ihn. Er mußte ein Taxi nehmen. Der Taxifahrer fühlte sich so geehrt, daß er kein Geld von ihm annahm. Und dann war alles wie abgestorben. Er war vom Wagen gefallen. Er dachte zuerst, alles sei nur ein Fehler. Gleich würde der Kutscher die Zügel anziehen, zurückfahren und den im Staub liegenden Mischatkin aufheben. Und alles würde weitergehen wie vorher. Aber niemand erinnerte sich an ihn.

Mischatkins Stern war aufgegangen und sofort verlöscht wie die Funken eines Feuerwerkskörpers. Jetzt mußte er durch die ›Gemüsegärten‹ tingeln, sein Brot im Schweiße seines Angesichts verdienen. Minajew machte diese Tourneen aus Geldgier, Mischatkin aus purer Notwendigkeit. Seine Zeit ging zu Ende. Ach was, sie war schon vorbei. Seine Mutter wollte Enkel sehen, wollte jemanden zum Liebhaben, zum Umsorgen. Sie war es leid, ihren vierzigjährigen Sohn zu bemuttern und immer dieselbe Angst auszustehen: daß man ihn betrunken auf die Wache schleift und dort zusammenschlägt. Es war einmal passiert, daß sie auf der Wache ›Schlitten‹ mit ihm gespielt hatten, wie man das dort nennt. Fast hätten sie ihm dabei das Rückgrat gebrochen. Man konnte nicht sagen, daß es wegen nichts war; er hatte schon ein loses Maul gehabt, und vielleicht auch lockere Fäuste, aber den Rücken hätten sie ihm nicht so zurichten dürfen. Und so war das sein Leben lang: Er machte einen Fehler für eine Kopeke und bezahlte für einen Rubel. Seitdem hatte seine Mutter immer Angst, wenn er abends spät noch nicht zu Hause war, und rief alle Bekannten der Reihe nach an. Am Anfang war ihr das noch peinlich, später schon nicht mehr. Bei so einem Leben stumpft alles ab, auch das Gewissen. Seine Mutter tat ihm leid. In Mischatkins Augen standen Tränen. Das Leben seiner Mutter war nicht sehr glücklich verlaufen, so hatte sie alle Hoffnungen auf ihren Sohn gesetzt ... Und was für ein Alter bereitete er ihr? Nicht einen ruhigen Tag hatte sie. Dabei war sie selbst so friedfertig, so voller kindlicher Einfalt, hatte so viel Vertrauen in das Leben, soviel Liebe zu den Menschen. Sie konnte jeden verstehen, jeder war ihr wichtig, alle hielt sie für Genies und Schönheiten. Nicht wie Minajews Mutter, die hatte zwei Hintern statt einem. Einen dort, wo ihn alle haben, und einen da, wo der Mund war. Sie brauchte nur was zu sagen, und schon holte sie ihr Sohn im eigenen Auto ab und fuhr sie, wohin sie wollte; ihr Leben lang hatte sie als Zugabe zu ihrem gutverdienenden Ehemann noch einen Liebhaber gehabt, und sie hatte einen braven Sohn, der nicht trank.

Warum war das so? Die einen hatten alles und die anderen nichts? Und die, die nichts hatten, waren um kein Haar schlechter als die, die alles hatten. Mischatkin war viel talentierter als Minajew, gar kein Vergleich. Und trotzdem wurde Minajew dauernd zu Filmaufnahmen geholt. Zwar nur für Episoden, aber trotzdem flimmerte er kurz über die Leinwand und hatte Geld wie Heu. Mischatkin stöhnte auf vor Ungerechtigkeit. Er rief mit schwacher Stimme:

»Valjera...«

Minajew hörte es, drehte sich aber nicht um. Er schwieg, glättete weiter seine Wange.

»Valjera, komm schon, geh doch für mich... sei ein Mensch...«

Mischatkin war der Überzeugung: wenn es das Leben schon so eingerichtet hatte, daß Minajew alles besaß und er nichts, dann konnte Minajew wenigstens ins Geschäft laufen und den allerbilligsten Portwein kaufen.

Mischatkin war felsenfest davon überzeugt, aber sein Ton war doch bittend, die Stimme eines Abhängigen. Und wenn einer die Abhängigkeit des anderen spürt, dann läßt er sich natürlich erst recht bitten.

»Ich denk ja nicht daran«, schnitt ihm Minajew das Wort ab. »Ich bin doch nicht dein Laufbursche. Und überhaupt... Die ganze Nacht hast du rumort, gesoffen und rumgegröhlt. Ich bin nicht ausgeschlafen und muß den ganzen Tag arbeiten. Drei Auftritte heute.«

»Ich hab doch auch drei Auftritte. Du bist vielleicht gut.« Mischatkin war baß erstaunt. »Du denkst nur an dich.«

»Ich sag Bolschakow, daß er mich in ein anderes Zimmer verlegen soll. Ich komm nach jeder Tournee nach Hause wie nach dem Krieg. Das wiegt doch kein Geld der Welt auf...«

»Nun geh schon«, stöhnte Mischatkin.

Minajew antwortete nicht. Sie waren beide sehr verschieden. Ihre Charaktere waren sozusagen inkompatibel. Minajew war der Meinung, daß Mischatkin ein stinknormaler Egoist war, wie sie unter den gegenwärtigen Bedingungen häufig anzutreffen sind, der Prototyp eines vierzigjährigen Waisenkindes. Diese Sorte verteilt ihre Alltagspflichten großzügig auf andere: auf Verwandte, Freunde, den erstbesten, der ihnen über den Weg läuft; und selbst legten sie dann die Hände in den Schoß und gingen seelenruhig zugrunde. Sie ließen sich körperlich und geistig gehen, und alle Umstehenden sollten sie bedauern: ach, welch unverstandenes Talent, was für eine zarte Seele... Von wegen. Ganz normale Schlappschwänze waren das. Leben bis zum Gehtnichtmehr, saufen bis zum Gehtnichtmehr... Erschießen sollte man so was und zehn Meter tief verbuddeln. Jedesmal, wenn Minajew von einer Tournee zurückkam, wusch er sich erst mal gründlich. Er wusch die Kolchosunterkünfte weg, streifte Mischatkin ab und die Erinnerung an alles damit Verbundene, so wie ein Pferd die Scheuklappen abstreift. Aber wenn er eine Zeitlang alle Gastspielreisen abgesagt hatte, dann freute er sich ehrlich auf die Begegnung mit Mischatkin und quartierte sich zusammen mit ihm ein. Er mochte ihn auf seine Art. Warum? Vielleicht weil er selbst von diesem Hintergrund gut abstach. Nie und mit niemandem sonst fühlte er sich so vollkommen. Minajew kannte alle Unverfrorenheiten von Mischatkin, verstand was dahinter steckte, und es machte ihm keine angst. Mischatkin seinerseits wußte, daß Minajew zwar ein gefühlloses Viech war, aber ihn, wenn's drauf ankam, nicht im Stich lassen würde. Er mußte nur Ausdauer beweisen.

»Valjera...« rief Mischatkin schwach, wobei er nun ganz darauf verzichtete zu zeigen, daß er im Recht war.

Es klopfte. Minajew schob flugs das Bügeleisen unter das Kopfkissen und öffnete. Vor der Tür stand eine junge Blondine, ein Marilyn-Monroe-Typ. »Das Material ist gut, aber man müßte viel dran arbeiten«, dachte Minajew für sich. Er war daran gewöhnt, daß die Frauen aus der Provinz ihm in Scharen hinterherliefen. Manchmal klappte was, manchmal auch nicht. So wie jetzt. Die Blondine grüßte und fragte:

»Kann ich Igor Mischatkin sprechen?«

Mischatkin zog die Decke bis zu den Augen.

»Sind Sie zu sprechen, Igor Wsjewolodowitsch?« sagte Minajew mit wohltemperierter Bühnenstimme.

Mischatkin erstarrte zu Eis. Die Blondine wartete nicht erst darauf, daß er wiederauftauchte, kam herein und setzte sich auf sein Bett, wie ein Arzt bei einem Patienten.

»Ich heiße Eleonora Alexandrowna«, stellte sie sich vor. Ihr Name kam den beiden Schauspielern lang vor, als ob er nur aus Vokalen bestünde. Wie Musik.

»Sehr angenehm«, sagten Minajew und Mischatkin im Chor, und das war die Wahrheit.

»Ich bin gestern nach dem Auftritt zu Ihnen gekommen, um Ihnen zu danken, aber Sie hatten es eilig und sagten, ich solle hierher kommen«, half Eleonora Alexandrowna Mischatkins Gedächtnis nach. »Ich verstehe schon. Sie haben das nur aus Höflichkeit gesagt. Aber ich muß mit Ihnen reden. Und vielleicht auch Sie mit mir.«

Mischatkin verstand gar nichts: Wer brauchte was, wer war wann wohingekommen, hatte es eilig gehabt? Er strengte sein Gedächtnis an, aber dann tat sein Kopf weh, im Hinterkopf klopften kleine Hämmerchen, und er wollte nur noch eins: was trinken.

»Vielleicht kann man sie ins Geschäft schikken«, dachte er, und in seinen Augen blinkte Hoffnung auf.

»Ich wollte Ihnen danken. Sie haben mir gestern unvergeßliche Augenblicke geschenkt.« Ihre Worte waren armselig, nicht wie bei Lermontow. Aber Elja war aufgefallen, daß die tiefsten Gefühle oft mit abgenutzten Worten ausgedrückt wurden.

»Ich bin gekommen, um Ihnen zu sagen: Die

Menschen brauchen Sie. Sie bringen Kultur unter das Volk...«

›Jetzt bitte ich Sie‹, gab sich Mischatkin einen Ruck und wartete darauf, daß Eleonora Alexandrowna den Mund zumachen würde.

Aber sie bewegte immer noch die Lippen, rosarot und glänzend, wie Fruchtbonbons.

»Ich wollte Ihnen Blumen bringen. Aber Blumen schenkt man Frauen. Deshalb habe ich Ihnen ein rauhes Männergeschenk mitgebracht.«

Elja zog den Reißverschluß ihrer Tasche auf und holte eine bauchige Flasche mit braun-goldenem Etikett hervor; auf dem Etikett stand mit lateinischen Buchstaben *Napoleon*.

Mischatkin fühlte, wie sein Herz für einen Moment stillstand und dann doppelt so schnell weiterschlug. Er wäre vor Freude fast gestorben. Schließlich ist eine unerwartete, unvermittelte Freude auch ein starker Streß.

»Dann wollen wir doch gleich jetzt was davon trinken«, schlug Mischatkin vor und setzte sich im Bett auf.

»Zieh dich wenigstens an«, erinnerte ihn Minajew.

»Ach so...ja...« Mischatkin fuhrwerkte unter der Decke herum.

Die Blondine drehte sich taktvoll um.

»Und bei euch hier gibt's französischen Cognac einfach so zu kaufen?« fragte Minajew.

»Den hab ich geschenkt bekommen«, gab Elja freimütig zu. »Ich bekomme dauernd irgendwelche Flaschen ›geschenkt‹, dabei trinke ich gar nichts. In meinem Büro hat sich schon eine ganze Hausbar angesammelt. Ich schenke die Flaschen weiter, rechne so mit den Arbeitern ab, wenn's mal sein muß...«

»Und wo arbeiten Sie?«

»Im Handel.«

Minajew nickte gedankenverloren. Das war seine Klientel. Bei Verkäuferinnen, Kellnerinnen und Zugschaffnerinnen hatte er Erfolg. Aber Eleonora Alexandrowna schaute ganz ruhig vor sich hin, sie schien überhaupt nicht interessiert. Es war direkt beleidigend.

Derweil suchte Mischatkin sein Hemd, fand es aber nicht. Er zog das Jackett über sein Unterhemd.

»Na, in dem Aufzug willst du französischen Cognac trinken?« fragte Minajew abschätzig. Er beteiligte sich an der Suche nach dem Hemd. Endlich war das Hemd gefunden, aber es war unbrauchbar. Auf der Brust klebte eine eingetrocknete Substanz von der Größe eines Eßtellers. Entweder hatte er sich selbst bekleckert, oder man hatte ihm etwas übergegossen. Er konnte sich nur schwer erinnern. Mischatkin schaute bekümmert auf die angeschlagene Fassade seines Sonntagshemdes.

»Und was ziehst du zum Auftritt an?« interessierte sich Minajew.

»Gib mir ein Hemd, Igor«, bat Mischatkin.

»Ich hab nur zwei.«

»Na also. Eins gibst du mir. Und eins ist für dich.«

»Zu gütig!«

»Ja schämst du dich denn nicht?« räsonnierte Mischatkin mit Dankbarkeit in der Stimme. »Was soll denn Eleonora Alexandrowna von uns Schauspielern denken? Sie muß ja meinen, daß wir alle Geizkragen sind.«

Minajew hätte antworten können, daß es ihn absolut nicht interessiere, was fremde Leute, die in keinster Weise für ihn eine Autorität waren, von ihm dachten, aber da fiel schon Eleonora Alexandrowna ein:

»Einen Moment...« Sie beugte sich über ihre Tasche und zog daraus ein neues Hemd in einer Zellophanhülle hervor.

»Es ist aus Indien. Reine Baumwolle«, kommentierte sie. »Kragenweite neununddreißig.«

Es war Mischatkins Kragenweite. Und der Kragen selbst war letzter Schrei.

»Diese Hemden sind nicht teuer, aber man kriegt sie selten«, erklärte Elja. »Ich hab mich erst geschämt, Ihnen so was zu schenken. Es ist ein sehr alltägliches Geschenk. Und Sie sind ein außergewöhnlicher Mensch...«

Elja zeigte ihm das Hemd. Mischatkin kam es einen Moment lang so vor, als habe er einen Fiebertraum. Denn in Wirklichkeit gab es so was nicht. In Wirklichkeit hatten alle Frauen, die seinen Weg gekreuzt hatten, lieber etwas von ihm genommen als ihm etwas gegeben. Sie waren der Meinung, daß die ganze Welt ihnen etwas schuldig war. Seine erste Frau, die schönste Frau des Studienjahres, wollte nicht einmal Brot kaufen gehen. Sie dachte, wenn ich schon so schön bin, sollen doch andere für mich in die Bäckerei gehen. Und plötzlich so was... kommt auf eigenen Füßen, schwimmt zu ihm hin wie ein Goldfisch. Mischatkin hatte sogar für einen Moment den nahen Schluck Alkohol vergessen, was ihm noch nie passiert war.

»Was für ein Glück«, sagte er aus vollem Herzen und vollkommen nüchtern, »eine wie Sie zu treffen.«

»Mich gibt es nur einmal«, antwortete Elja und räumte nebenbei auf dem Tisch auf. »Von jedem Menschen gibt es nur jeweils ein Exemplar.«

»Das heißt, wir haben Glück gehabt, Sie zu treffen«, korrigierte Minajew den Freund.

»Ja«, bestätigte Mischatkin ernst. »Was für ein Glück, Sie zu treffen.«

Abends saß Elja wieder in der Aufführung, jetzt aber schon ohne Tolik und in den Kulissen. Die Gastspieltruppe *Genosse Kino* war daran gewöhnt, daß in den verschiedenen Städten in den Kulissen junge Mädchen auftauchten; sie nannten sie *Bonbons*. Elja fühlte sich ein bißchen unbehaglich in dieser Rolle, die wissenden Blicke behagten ihr nicht, aber sie konnte nichts daran ändern. Was konnte sie schon machen, ihr Schicksalszug war schon abgefahren und wählte selbst seine Geschwindigkeit.

Nach dem Konzert ging Minajew an der frischen Luft spazieren, um seinem Freund die Gelegenheit nicht zu verpatzen. Elja, die mit Mischatkin allein geblieben war, versuchte ihm zuerst mit Worten und dann mit Gesten begreiflich zu machen, daß sie nicht ›so eine‹ war. Schließlich rannte sie weg. Sie war zutiefst beschämt. Und so einer trägt auch noch Lermontow vor. Von wegen *»Die Wüste hält ein Zwiegespräch mit Gott«*. Niemand hält Zwiegespräche. Und die Wüste – die ist in den Herzen und Seelen der Menschen.

Drei Tage lang zeigte sich Elja nicht an Mischatkins Horizont. Aber der Zug fuhr trotzdem mit Volldampf weiter, ganz egal, wohin sie sich auch verkroch. Am Ende des dritten Tages kam Elja zur Aufführung; sie saß im Parterre. Eine Bekannte aus dem Organisationskomitee brachte ihr einen Stuhl, denn alle Plätze waren besetzt. Die halbe Stadt kam zum zweiten oder dritten Mal.

Mischatkin ließ sich nicht auf der Bühne blikken. Hinter den Kulissen fand Elja Minajew. Der sagte, daß Igor Wsjewolodowitsch von einem Ischiasanfall niedergestreckt worden sei. Genauso sagte er: niedergestreckt.

Elja wartete nicht erst das Ende der Vorstellung ab, sie ging zur Kolchosunterkunft. Mischatkin lag einsam und verlassen im Bett, wie in einem öffentlichen Krankenhaus für Leute ohne Privilegien. Er sah aus wie ein Revolutionär, der an Schwindsucht stirbt: eingefallene Wangen, riesige Augen, die glänzten wie von einer großen Idee. In Elja blinkte das bis dato unbekannte Gefühl der Mitkämpferin auf. Mischatkin starrte unaufhörlich auf die Tasche. Elja zog den Reißverschluß auf und nahm Piroggen heraus, die ihre Schwiegermutter gebacken hatte: mit Fleisch, mit Kohl, mit Äpfeln. Sie legte sie auf eine Serviette, die auch in der Tasche war. Mischatkin fing sofort zu essen an, hielt die Pirogge mit beiden Händen fest und sah plötzlich aus wie der kleine Junge auf dem Bild »*Die Heimkehr des Sohnes*«. Elja sah, wie er große Stücke abbiß, mit gesenkten Augen kaute, und plötzlich wußte sie, daß er ohne sie zugrunde gehen würde.

Von dem, was dann ein bißchen später zwischen ihnen passierte, verstand Elja überhaupt nichts. Sie brachte vor dem Spiegel ihre Frisur in Ordnung und fühlte sich wie ein Huhn, das unter einen Zug geraten war. Aber das, wovon sie nichts verstand, hatte im gegebenen Falle keine Bedeutung. Sie achtete Mischatkin für sein göttliches Talent, und alles andere war unwichtig. Als sie wegging, ließ sie eine Dose mit indischem Orangensaft da.

Als Minajew nach der Aufführung zurückkam, verkündete er die Zusammensetzung des Saftes: zerkleinerte Orangenschale, Pulpa, Zucker, Ascorbinsäure, Konservierungsstoffe, die schädlich für den Magen sind.

»Da ist alles drin, außer Orangensaft.«

Aber Minajew war ein Zyniker, das lag bei ihm in der Familie. Er konnte alles in den Dreck ziehen, sogar so eine harmlose Blechdose mit Saft, die aus dem weiten, heißen Indien hierher geraten war.

3

›Pro forma!‹

Tolik sah sich im Fernsehen ein Fußballspiel an, als Elja ihm sagte, daß sie sich scheiden lassen und nach Moskau ziehen wolle. Tolik rührte sich nicht, sondern sah noch konzentrierter auf die Mattscheibe. Elja wunderte sich, beobachtete den Ball, den die zwei sich bekämpfenden Mannschaften über das Spielfeld jagten, aber sie bemerkte nichts, das wichtiger gewesen wäre als der Zusammenbruch ihres Familienlebens.

Elja schaute ihren Mann genau an und sah, daß sich seine Gesichtsfarbe veränderte. Es wurde grau wie ein Blatt, das den Winter über unterm Schnee gelegen hatte. Elja begriff: Seine Starre war die Wirkung des Schocks, die Reaktion auf die Brandwunde, auf das Trauma, das mit seinem weiteren Leben nicht vereinbar war.

»Pro forma!« rief Elja laut, um den Schock zu lösen. »Pro for-ma...«, wiederholte sie jede Silbe einzeln, um portionsweise Sinn in sein gelähmtes Bewußtsein zu träufeln.

Tolik starrte weiter in den Fernseher, aber Elja sah, daß er trotzdem verstand, was sie sagte. Eifrig begann sie den Sinn des Wortes *pro forma* zu erläutern: Sie würde einen Moskauer heiraten, sich als Moskauer Bürgerin registrieren lassen. Wenn sie dann das Daueraufenthaltsrecht hätte, würde sie sich scheiden lassen, sich eine Wohnung erkämpfen und Tolik und ihren Sohn nachkommen lassen.

Elja war so überzeugt von dem, was sie sagte, daß sie es sogar selbst glaubte. Und wirklich? Warum dürfen manche in der Hauptstadt leben, und andere müssen in den ›Gemüsegärten‹ bleiben? Warum konnte man nicht da leben, wo man wollte? Und wenn einem das Gesetz Steine in den Weg legt, dann konnte man schließlich einen Weg finden, um sie zu umgehen oder über sie hinweg zu steigen.

Tolik sah immer noch auf das Fußballfeld, aber sein Gesicht nahm wieder Farbe an. Er glaubte seiner Frau, weil er selbst nie gelogen hatte, und außerdem weil glauben leichter war. Wenn man glaubte, konnte man weiterleben. Wenn man nicht glaubte, nicht.

»Wozu brauchen wir Moskau?« fragte Tolik. »Haben wir's denn hier schlecht?«

»Mir geht es schlecht«, sagte Elja und fing an zu weinen.

Tolik wußte, daß er in Moskau nichts zu suchen

hatte. Hier waren seine Freunde, seine Eltern, alles, was ihm lieb und teuer war, hier konnte er jagen und fischen, hier hatte er seine Arbeit und wen für den Feierabend, hier hatte er sein eigenes Stück Land. Ohne das war er ein Niemand. Aber Tolik war innerlich bereit, ein Niemand zu sein. Lieber sollte es ihm schlecht gehen als ihr.

»Gut«, sagte Tolik. »Mach, was du willst. Ich bin mit allem einverstanden.«

Elja weinte noch mehr. In Tolik ging es drunter und drüber, er konnte sein inneres Durcheinander kaum ertragen. Er ging in die Küche und begann Geschirr zu spülen, um sich abzulenken. Elja gesellte sich zu ihm und trocknete ab. Sie erledigten den Abwasch ›vierhändig‹, und sogar die Luft schien voller Abschiedszärtlichkeit zu sein.

Am anderen Tag saßen sie bei Toliks Eltern. Kirjuschas Gesicht war von seinen weißblonden Haaren schon fast zugewachsen. Er sah aus wie ein Hirte. Große Augen, runde Nasenlöcher, ein ruhiger Charakter – ganz der Vater. Die Kisljuk-Familie.

Tolik erläuterte ihnen ihre Pläne, beharrte auf dem Wort *pro forma* und riß genau wie Elja vor lauter Aufrichtigkeit die Augen weit auf. Nur der alte Kisljuk begriff nicht ganz: warum irgendwohin ziehen, warum den Staat betrügen und noch dazu mit so etwas Heiligem wie der Ehe? Die Schwiegermutter dagegen kapierte sofort alles, machte aber kein Drama daraus. Das Wichtigste bei der Sache war für sie, daß die Schwiegertochter ihr den Enkel nicht wegnahm. Davon aber war gar nicht die Rede. Anscheinend war Kirjuscha seiner Mutter, dieser leichtlebigen Person, gar nicht wichtig. Na, Gott sei Dank! Sollte sie ruhig wegfahren! Ihr Sohn, dieses gutaussehende Mannsbild, würde schon nicht sitzenbleiben. Nicht bei dem Männermangel in der Siedlung. Vera, die Geschiedene, die würde als erste nach ihm grabschen. Und war die etwa schlechter als die da? Bestimmt nicht. Eher besser. Hatte einen Hintern wie der Fernseher *Rekord*. Die setzt mal noch fünf Kleine in die Welt. Hat sich in ihrem vorherigen Leben nur abgequält, um so mehr wird sie jetzt ein ruhiges Nest zu schätzen wissen. Wird nicht in der Hauptstadt rumschwirren mit irgendwelchen *pro formas*.

Elja schaute auf den Mund der Schwiegermutter, der sich zusammengezogen hatte wie ein Hühnerafter. Sie stand auf und ging vor die Haustür. Der Sommer stand in voller Blüte, genau wie ihr Leben. Es roch nach Äpfeln. Die Schwiegermutter hatte eine frühe, weiß-rosa Sorte. So ausgesucht schön, daß man sie jederzeit hätte malen können.

Noch wußte sie nicht, was sie dort in Moskau erwartete. Aber das Wichtigste war jetzt nicht das *dort,* sondern das *nicht hier.* Tolik kam heraus und sagte:

»Ich werde warten.«

Die Hochzeit feierten sie im *Haus des Films.* Gäste waren nur Minajew und seine Frau Katja. Sie schenkten ihnen nichts, denn Minajew hatte schon das Menü spendiert. Das war das Hochzeitsgeschenk.

Katja Minajewa verblüffte durch ihre besondere Art von Schönheit: Sie war groß wie eine Basketballspielerin, flach – hinten nichts, vorne nichts –, eine Nase, die für zwei gereicht hätte, aber man konnte die Augen nicht von ihr lassen. Die Frau der Zukunft. Elja mit ihren Puppenlöckchen kam sich vor wie die Frau von gestern oder sogar von vorgestern, aus der Zeit der Nachkriegspostkarten mit den schnäbelnden Tauben. Elja litt. Von ihrem Pullover blieben Fusseln auf ihrem Rock hängen. Sie sah unordentlich aus, als hätte sie auf Mehlsäcken in einer Mühle übernachtet.

Eigentlich sollte sie sich freuen: Ein Traum hatte sich erfüllt. Aber sie freute sich nicht. Einerseits: Sie lebte in Moskau, hatte eine Wohnung bei den Patriarchenteichen, im alten Zentrum von Moskau, war verheiratet mit Igor Mischatkin, in dessen Diplom ›Filmschauspieler‹ stand.

Andererseits: Die Wohnung lag im Zentrum, war aber eine Kommunalwohnung. Außer ihr und Igor wohnte noch ein älteres Geschwisterpaar hier. Der Bruder hatte vor kurzem einen Schlaganfall gehabt, sein Gehirn war leicht geschädigt. Wenn er ging, zog er ein Bein nach, sein Gesicht hatte einen erstaunten Ausdruck. Von Zeit zu Zeit jagte die Schwester ihn auf den Gang hinaus; da ging er ein bißchen spazieren, sammelte neue Eindrücke. Links war die Küche, das Bad, die Toilette. Rechts an der Wand stand eine Kommode, zugedeckt mit einem alten Teppich. Darauf das Telefon. Am Telefon war an einer langen Schnur ein Bleistift befestigt. Der Bruder ging spazieren, schaute nach rechts und links. Das waren seine Champs-Elysées. Manchmal entfuhr ihm eine Geräuschsalve; die Salve stieß ihn nach vorn, und er raste ein paar Schritte wie ein Düsenflugzeug. Dann blieb er stehen und schaute wieder nach allen Seiten um sich. Sein Gesicht war jetzt noch erstaunter.

Eljas neue Schwiegermutter mochte diesen Düsenflugzeug-Bruder, nannte ihn ›mein Täubchen‹. Nina Petrowna war Jahrgang neunzehnhundertzehn und hatte aus dieser vorrevolutionären Zeit

Ausdrücke beibehalten: ›mein Seelchen‹, ›mein Täubchen‹, ›so Gott will‹. Bei ihr war alles ›so Gott will‹. Sie lebten von ihrer Pension, das hieß pro Kopf und Tag dreiundvierzig Kopeken. Wie im Gefängnis. Aber das machte ihr nichts aus. »Wir sind nicht die ersten und werden nicht die letzten sein, denen es so geht.« Man hatte ihr dreiviertel des Magens herausoperiert – »na, ich hab's überlebt«. Ihr Mann war im Krieg gefallen – »wie's den anderen ging, so ging's mir auch«. Der Sohn besäuft sich – »er braucht eben ab und zu Entspannung«. Sie fügte sich blind in ihr Schicksal. Nicht wie die alte Kisljuk. Die würde unter diesen Umständen auf dem Balkon Kaninchen züchten, das Fleisch auf den Markt bringen und das Fell einer staatlichen Kürschnerei verkaufen. Doch Nina Petrowna ist ein unpraktischer Mensch, ein ›Gottesvogel‹. Sitzt bis Mitternacht in der Küche und liest Zeitung, hat Angst, ins Zimmer zu kommen, denn die Jungen haben sich schon schlafen gelegt, und sie haben zusammen nur ein Zimmer. Dabei hätte sie ruhig reinkommen können. Die Jungen schliefen ganz unschuldig, lagen auf der Seite, beide in derselben Richtung, wie Löffel in einer Geschenkpackung.

Elja befürchtete, daß ihr Schicksalszug auf ein Abstellgleis gefahren war.

Auf der anderen Seite saß am Nachbartisch ein ›Verdienter Künstler des Volkes‹, dick wie eine schwangere Frau, mit fettigen Haaren. Aber er saß da als König, alle und alles waren für ihn da. Er betrachtete Elja gelangweilt, als wollte er sie kaufen. Aber er kaufte sie nicht. Er wandte den Blick ab.

Worin bestanden seine Trümpfe? Das Talent. Aber Talent hatte Igor auch, nur wußte das niemand. Alle sollten es erfahren. Igor saß da und war nach Kräften bemüht, sich nicht vollaufen zu lassen, aber schließlich betrank er sich dann doch.

Elja legte sich seine Hand auf die Schulter und schleppte ihn aus dem Saal wie einen Verwundeten vom Schlachtfeld. Am Ausgang glitt ihr Igor aus den Armen und fiel auf einen Tisch, an dem Ausländer saßen. Eine ältere Amerikanerin sah Elja verständnisvoll an, und Elja dachte, daß ihr Mann sich wahrscheinlich in Ohio auch bis zum Kragen vollaufen ließ. Der halbe Planet ist voller Schweine, die andere Hälfte voller Säufer. Und wo lebt man eigentlich normal?

Die Minajews fuhren mit dem erstbesten Taxi davon. Elja blieb allein, Igor nicht gerechnet. Und Igor konnte man nicht rechnen. Er hielt sich schon nicht mehr auf den Beinen. Anstatt eines Beschützers hatte sie eine Last an ihrer Seite.

Elja setzte ihn auf die Treppe eines Gebäudes. Er konnte den Kopf schon nicht mehr hochhalten, er fiel ihm immer auf die Brust oder zur Seite. Elja machte aus seiner Hand eine Tüte und setzte ihn so hin, daß die Nase in die Tüte zu liegen kam. So war der Kopf in einer Position fixiert. Igor kämpfte gegen den Schlaf an, im direkten und übertragenen Sinn des Wortes. Er dämmerte vor sich hin.

Dann kam er durch die Kälte zu sich. Er sah Elja neben sich. Nüchtern und klar sagte er zu ihr:

»Wenn du wüßtest, wie schwer es ist, von niemandem gebraucht zu werden .«

»Ich brauche dich«, erwiderte Elja. »Du hast doch mich.«

»Was hast du damit zu tun?« fragte Igor bitter. »Ich habe mich selbst nicht.«

»Wieso habe ich nichts damit zu tun . . .«, sagte Elja erschüttert. »Ich bin hierhergezogen . . . Ich . . .«

»Umsonst bist du hierhergezogen. Ich hab dich betrogen. Ich hab mich auf deine Kosten gerettet.«

»Ich helfe dir.«

»Das ist sinnlos. Ich habe mein Talent verloren. Ich will nichts. Und brauche nichts. Dich brauch ich auch nicht. Und leben will ich auch nicht mehr. Nur meine Mutter tut mir leid . . .«

4

Nebenrollen

Der Nachname des Regisseurs war Sidorow. In den Filmstudios arbeiteten zwei Sidorows. Zwei kreative Einheiten unter ein und demselben Namen. Um Verwechslungen vorzubeugen, hatte man den einen in Ruhe gelassen und dem anderen einen Spitznamen verpaßt: ›Antschar‹ – der große Upasbaum, der giftige Baum aus dem Puschkin-Gedicht: »*Zu ihm kein Vogel flog, kein Tier gekrochen kam.*« Antschar hatte einen schwierigen Skorpioncharakter. Er quälte alle und sich selbst am meisten. Bei den Dreharbeiten seines letzten Films hatte er sich geweigert, einen Schauspieler ins Krankenhaus zu seiner Frau zu lassen, die gerade ein Kind bekam. Dann ließ er sich schließlich erweichen und gab dem Schauspieler eineinhalb Stunden. So kam es, daß ein deutscher *Opel* vor dem Krankenhaus vorfuhr. Ihm entstieg ein Offizier in ss-Uniform mit MG und ein Partisan mit Wattejacke. Sie gingen in die Entbindungsstation. Der Partisan küßte seine Frau, sah in das rote Gummigesichtchen seines Kindes. Dann führte man ihn sofort wieder weg, brachte ihn ins Auto.

Die Frauen, die aus dem Fenster sahen, dachten, sie hätten eine postnatale Psychose. Woher sollten sonst in den achtziger Jahren Deutsche und Partisanen herkommen?

Jetzt saß Antschar in seinem Arbeitszimmer am Tisch, trank Tee und wärmte sich die Finger am Teeglas. Er bereitete die Dreharbeiten zu einem neuen Film vor, ein modernes *Aschenputtel.* Das Aschenputtel sollte eine Limitschitza* sein. Der Prinz ein Äthiopier. Für die Rolle des Prinzen nahmen sie einen Studenten von der Lumumba-Universität, der sich tatsächlich als echter Prinz entpuppte. Sein Vater, der König, hatte den Sohn nach Rußland zum Studium geschickt. Der Prinz war reich, schön und bescheiden – wie alle Leute, die lange im Wohlstand gelebt haben. Sie entwikkeln sich harmonisch. In ihnen bilden sich Raffgier und Gemeinheit nicht heraus. Diese Eigenschaften brauchen sie nämlich nicht.

Der Prinz fiel hundertprozentig mit der Filmfigur zusammen. Aber das Aschenputtel... Antschar hatte gerade die Probeaufnahmen angesehen: Die Schauspielerin war begabt, aber ihr Gesicht war schon bekannt, zu bekannt. Sie sollte ein naives Mädchen spielen. Aber bei der blinkte in

---

* Bürgerin mit begrenztem Aufenthaltsrecht für die Hauptstadt

jedem Auge ein Dollarzeichen. Ein Aschenputtel war das nicht und würde aus ihr auch nicht werden. Antschar hatte das Gefühl auf einem Fensterbrett im hundertsten Stock zu stehen. Das Fensterbrett wackelte, vibrierte unter seinen Füßen. Wie in einem entsetzlichen Traum.

In seinem Arbeitszimmer saßen Freunde und Berater: der Regieassistent und die Cutterin, die ihm bei jedem seiner Filme zur Seite stand.

Der Regieassistent war ein Kriecher, ein wetterwendischer Kerl. Bei dem war immer alles drin, wie in einem gut gemischten Kartenspiel. Antschar kannte sein anbiederndes Verhalten, aber er hielt es für Loyalität. Diese Loyalität war absolut. Und das war das Wichtigste: Wenn er auch ein bißchen schäbig war, Hauptsache, er war auf seiner Seite.

Die Cutterin schaute auf Antschar und litt mit ihm seine Qualen. Einen Moment lang schweifte sie ab zu ihren häuslichen Sorgen: Sie hatte keine Kartoffeln mehr im Haus. Die in den staatlichen Läden waren schlecht; wenn man sie schälte, kamen nur blaue Stellen zum Vorschein. Offensichtlich warf man sie aus großer Höhe herunter und lagerte sie nicht richtig. Man mußte sie auf dem Kolchosmarkt kaufen, so zehn bis fünfzehn Kilo, damit es eine Weile reichte. Aber wie sollte sie fünfzehn Kilo schleppen? Die Eierstöcke taten ihr weh; seit der letzten Abtreibung hatte sie eine chronische Entzündung.

Antschar sah streng zur Cutterin hin. Sie sah, daß sein Blick sie röntgte, bis zu den Eierstöcken. Sie sollte an die Arbeit denken. Die Cutterin legte ergeben die Stirn in Falten und schaltete vom Persönlichen zum Gesellschaftlichen um.

In diesem düsteren Moment wurde die Tür aufgerissen, und Elja trat ein.

Minajew hatte ihr einen Passierschein für das *Goskino*-Filmgelände beschafft.

»Guten Tag«, sagte Elja. »Ich heiße Mischatkina. Ich bin die Frau des Schauspielers Igor Mischatkin.«

»Den gibt's«, erinnerte sich der Regieassistent und schaute Elja an wie ein überfütterter Kater eine gewöhnliche Maus.

Die Cutterin warf Elja einen durchbohrenden Blick zu. Sie haßte junge Frauen. Alle ohne Ausnahme. Wenn's nach ihr ginge, würde man ihnen einen großen Stein um den Hals hängen und sie in den Fluten des Meeres versenken. So hatten sie es in China zu Maos Zeiten gemacht, als sie die Städte von Prostituierten säuberten.

»Geben Sie ihm eine Arbeit. Er geht sonst zugrunde. Bitte...«

Antschar schaute ihr in die Augen, aber er dachte an seine eigenen Angelegenheiten. Er dachte: Es gibt Leute, die können einfach leben und sich freuen. Und es gibt die Kreativen. Die können Leben widerspiegeln, aber selbst leben sie nicht. Jetzt, in diesem Augenblick, wußte Antschar, daß er weder leben noch Leben widerspiegeln konnte. Jede Stunde war wie ein falscher Rubel, der nicht durch Gold gedeckt war. Die Cutterin verzog geringschätzig den Mund. Beim Film bittet man nicht, und noch weniger schickt man die Ehefrau. Beim Film wartet man stolz.

Der Regieassistent wurde noch öliger, seine Nase glänzte vor lauter Fett, das aus den Poren trat, man hätte ein Spiegelei damit braten können.

Elja betrachtete sie alle. Die waren doch blind und taub. Sahen nichts und hörten nichts. Saßen da wie die Fische im Aquarium und betrachteten alles durch trübe Wassermassen.

Elja begriff, daß es nicht klappen würde, und beruhigte sich. Sie sah nüchtern auf diese Troika. Und das sollten Menschen sein? Neandertaler waren das, Sklaven.

»Lassen Sie uns Ihre Telefonnummer hier, wir rufen Sie an«, versprach der Regieassistent.

»Sie rufen doch sowieso nicht an«, sagte Elja ruhig. »Ihr seid doch alle Abfahrtsläufer.«

»Wieso Abfahrtsläufer?« fragte Antschar verwundert.

»Wenn sich einer den Hals bricht, kann der andere nicht stehenbleiben. Er muß seine Zeit verbessern«, erklärte Elja. »Aber das macht nichts. Irgendwann brecht auch ihr euch den Hals, und dann kümmert sich auch niemand um euch.«

Elja drehte sich um und ging aus dem Zimmer. Alle drei schwiegen für eine Minute, vielleicht waren es auch zwei. In diesem Moment war Eljas Schicksalszug an eine Weiche gelangt. Von der Weiche aus ging es in drei Richtungen: geradeaus, nach links oder nach rechts. Der Zug hielt an wie im Märchen von Ilja-Murometz. Aber auf Iljas Wegweisern stand deutlich zu lesen, wo er was bekommen würde und wo er was verlieren würde. Hier dagegen stand nichts. Die Schicksalsgöttin sagt einem nichts voraus. Vielleicht weiß sie aber auch selbst nicht mehr.

»Wer ist Mischatkin?« fragte Antschar.

»Ein müder Hänger«, äußerte der Regieassistent seine Meinung. »Hat schon zehn Jahre lang nicht mehr gespielt. Ist ständig blau, soweit ich weiß.«

Bei der Zahl Zehn fielen der Cutterin wieder ihre Kartoffeln ein: Sollte sie nun zehn oder fünfzehn Kilo kaufen?

»Und wovon lebt er?« fragte Antschar.

Der Regieassistent zuckte mit den Schultern.

»Na, haben wir denn keine Gewerkschaft?«

»Klar haben wir die«, bestätigte der Regieassistent. »Na und? Niemand kann einen Regisseur zwingen, so einem wie Mischatkin eine Rolle zu geben, wenn er nicht will.«

Antschar schaute den Regieassistenten an und überdachte das Gesagte.

»Vielleicht können wir ihm die Rolle des Lastwagenfahrers geben?« überlegte Antschar laut.

»Das ist doch fast eine Statistenrolle«, meinte die Cutterin. »Zehn Jahre nicht mehr auf der Leinwand zu sehen gewesen und dann nur eine Statistenrolle.«

»Wir machen zwei bis drei Repliken dazu, dann ist es eine Episode.«

Der Schicksalswegweiser war gewählt. Der Zug fuhr geradeaus weiter. Dankbar und ergeben breiteten sich die Gleise unter seinen Rädern aus.

Igor Mischatkin bekam die Rolle des Lastwagenfahrers, der sich später in den Kutscher der Kürbiskarosse verwandelt.

Igor saß in der Maske und war aufgeregt, weil er fürchtete, daß die Maskenbildnerin Walja sein heruntergekommenes Aussehen nicht genug übertünchen würde. Igor wollte schön sein. Aber dann dachte er: je schlimmer, desto besser. Die dicke Schminke stellte auf seinem Gesicht ein primitives Braun her. Es überdeckte seine Falten nicht, sondern betonte sie noch. Die Form seiner Augen, die von den Falten umkränzt waren, erinnerte an Picassos ›Friedenstaube‹. Das Oval der Augen war der Umriß der Taube, der Vogelkörper. Der Faltenfächer im Augenwinkel war die Schwanzfedern. Um das Bild abzurunden, setzten sie ihm auf einen Vorderzahn eine Stahlkrone und auf den Kopf ein flaches Käppi.

Es kam das typische Bild eines Landstreichers dabei heraus. Als hätte man nicht einen Filmschauspieler engagiert, sondern hätte einen echten Herumtreiber, den man auf der Straße aufgelesen hatte, ins Filmstudio geholt.

Der Kutscher der Kürbiskarosse hatte genau denselben Stahlzahn; aber er trug weiße Strümpfe und weite kurze Hosen, die an Wassermelonen erinnerten.

Die Warteschlange fing an zu murren. Eine Revolte stand bevor.

»Genossen!« sagte der Inspektor verstört. »Was kann ich denn machen? Ich führe doch nur Anweisungen aus. Und wenn es in diesem Stadtteil keine Wohnungen gibt, kann ich sie Ihnen doch nicht aus dem Ärmel schütteln.«

Elja wurde klar: Mit Befehlsempfängern zu reden war sinnlos.

Als sie an der Reihe war, fragte sie:

»Wer ist Ihr Vorgesetzter?«

»Wie meinen Sie das?« Der Inspektor war beleidigt.

»Ich meine, wer entscheidet denn?« erklärte Elja.

»Malinin«, nannte der Inspektor schließlich den Namen. »Aber zu dem kommen Sie nicht durch. Von Ihrer Sorte gibt es viele, aber er ist ganz allein.«

Malinin saß in Hemdsärmeln da und sah überhaupt so aus, als sei er bei sich zu Hause. Er erkannte Igor, erzählte ihm mit Vergnügen von seiner Militärzeit auf einem U-Boot. Ein U-Boot, das sei schlimmer als Verbannung. Verbannung, das hieß Bäume fällen, Taiga und viel frische Luft. Aber ein U-Boot ist ein abgeschlossener Raum. Der Sauerstoff reicht nicht aus, man könnte verrückt dabei werden. Einige wurden auch verrückt und wollten das U-Boot voll Wasser laufen lassen, damit mit einem Schlag alles vorbei gewesen wäre. Aber ein U-Boot kann nicht von einer Person allein aus dem Ruder gebracht werden. Man muß dazu an zwei verschiedenen Stellen einen Knopf drücken. Und meistens werden nicht zwei gleichzeitig verrückt.

Igor hörte mitfühlend zu und nickte. Er hätte auch gern erzählt; davon, daß er fünfzehn Jahre lang keine Rolle mehr bekommen hatte und daß sich in diesen fünfzehn Jahren Ruß in seiner Seele angesammelt hatte. Das Leben war düster geworden. Aber er durfte sich nicht beklagen. In dem hier entstandenen Machtverhältnis durfte Igor nicht bedauernswert aussehen. Er mußte vielmehr aussehen wie ein Erfolgsmensch, der aus seltsamen Gründen in eine Kommunalwohnung geraten war.

Das Gespräch endete damit, daß der Düsenflugzeug-Bruder und seine Schwester in eine eigene Einzimmerwohnung nach Jasenowo zogen, an den äußersten Rand der Stadt, nahe am Wald. Und die Mischatkins bekamen das zweite Zimmer. Jetzt hatten sie die Wohnung ganz allein für sich. Eine Wohnung an den Patriarchenteichen. Und das alles völlig legal. Moskau befreit sich ja jetzt von seinen Kommunalwohnungen.

Igors Mutter schlug Elja vor, Kirjuscha nach Moskau zu holen. Sie war damit einverstanden, für ihn Oma zu sein, mit ihm Hausaufgaben zu machen. Kirjuscha ging schon in die erste Klasse.

Tolik lebte in Letischew mit ›Vera, der Geschiedenen‹. Seine neue Ehe war nicht standesamtlich besiegelt, aber trotzdem hatte ihm Vera eine Tochter geboren und war nun nochmals schwanger. Also hatte Tolik drei Kinder und Elja keins.

Elja schickte Tolik einen Brief, in dem sie bat, ihr Kirjuscha zu schicken. Sie fuhr nicht selbst hin, denn sie wollte weder die alte Kisljuk treffen noch die schwangere Vera. Sie fand Vera abstoßend wie eine Katze, die von einem Tisch einen fremden Bissen stiehlt. Elja hatte ganz vergessen, daß sie ja selbst Tolik verlassen hatte. Sie hatte ihn verraten und betrogen. Sie durfte das, Vera aber nicht.

Tolik brachte den Sohn. Aber selbst ins Haus zu kommen, lehnte er ab. Er konnte es nicht ertragen, Elja als die Frau eines anderen zu sehen. Er stand draußen und schaute zu Boden. Elja begriff: Er hatte Angst, sie zu sehen. Er hatte Angst, von neuem leiden zu müssen.

»Du hast doch versprochen zu warten«, sagte Elja lachend.

»Ich warte auch«, antwortete Tolik ernst und sah weiterhin zu Boden.

»Gemeinsam mit Vera?«

»Nein. Allein. Vera wartet nicht.«

In den vergangenen Jahren hatte sich Tolik charakterlich nicht verändert. Und auch sonst wenig. Er war der ewige kleine Junge. Und neben ihm zu stehen war unkompliziert und angenehm, wie neben einem Baum zu stehen. Neben Igor zu stehen war schwierig. Von ihm ging eine innere Unzufriedenheit aus wie Strahlung vom Reaktor in Tschernobyl.

Aber hier, an den Patriarchenteichen, gab es immer etwas zu erkämpfen, zu ergattern. Dort dagegen, bei den Schweinen, war alles so still, als sei man schon in Rente.

»Und wie geht es euch dort so?« fragte Elja vage.

Tolik erzählte, daß im Bergwerksstollen ein Unfall passiert war. Schuld war der ewig betrunkene, schlampige Moslatschenko. Er selbst war bei dem Unfall umgekommen. Es gab eine Untersuchung des Vorfalls, aber auch so war klar: Es war ein typischer Fall von krimineller Schlampigkeit. Tolik als Jurist mußte einen Abschlußbericht verfassen. Moslatschenkos Familie bat ihn, alles auf den Betrieb zu schieben. Das würde für die Halbwaisenrente der Kinder einiges ausmachen. Schließlich waren die Kinder an der Schlampigkeit des Vaters nicht schuld. Sie sollten doch anständig versorgt aufwachsen, bis sie selbständig wären.

»Unser Staat ist nicht arm«, sagte Elja. »Soll er ruhig zahlen.«

Tolik antwortete nicht. Er verstand, was Elja meinte: Moslatschenko ist schuldig und schon bestraft. Er ist tot. Also hielten sich Gut und Böse wieder die Waage. Warum dann also auf der Seite des Bösen noch etwas hinzufügen, indem man die Kinder bestrafte?

Aber Tolik war nicht fähig, Unwahrheiten zu schreiben. Für ihn war lügen, als ob er eine tote Maus verspeisen müßte. Er würde an der Vergiftung sterben.

Tolik stand da und konnte den Aufruhr der widerstreitenden Gefühle kaum ertragen.

»Und was sagt Vera?« fragte Elja.

»Ich weiß nicht mehr«, sagte Tolik.

Entweder hatte Vera, mit ihren Haushaltssorgen beschäftigt, nichts dazu gesagt, oder Tolik hatte es sich nicht gemerkt, er hatte sich in sie nicht einfühlen können.

Kirjuscha bekam sein Bett bei der fremden Großmutter. Seine echte Großmutter war dick und gemütlich, und es war schön, auf ihrem Bauch kreuz und quer herumzukriechen. Die neue Großmutter dagegen war schmal und hart. Die frühere Großmutter hatte ihn mal gekitzelt, mal brüllte sie wie am Spieß, aber diese hier sprach gleichmäßig und korrekt wie im Radio. Kirjuscha war daran gewöhnt, daß er vom Haus direkt in den Garten laufen konnte. Aber hier führte die Abschlußtür nur zum Treppenabsatz mit dem zentralen Müllschlucker. Da war keine frische Luft. Frech sein paßte nicht hierher. Der neue Vater war ihm fremd. Und selbst die Mutter war irgendwie anders als früher.

Nachts quälte ihn das Heimweh ganz besonders, er konnte es nicht mehr aushalten. Er schrie, daß man es in der ganzen Wohnung, vielleicht sogar auf der ganzen Etage, hören konnte. Und es war ihm ganz egal, daß der neue Papa schlief und morgen zur Arbeit mußte. Wenn sich niemand um ihn kümmerte, dann würde er sich auch um niemanden kümmern.

Elja legte sich neben ihn, tröstete ihn, ermahnte ihn, still zu sein. Sie spürte, wie sein zerbrechlicher Körper unter ihren Händen zitterte. Er war wie ein verletztes Häschen. Dann schlief er ein. Elja betrachtete ihren schlafenden Sohn lange. Er war Toliks Ebenbild, aber mit einem Hauch von ihrer Schönheit. Ein feingliedriger, zerbrechlicher kleiner Junge, wie der Elfenkönig aus dem Märchen.

Elja liebte ihren Sohn, aber konnte in ihn nur einen *Teil* ihres Lebens hineinlegen. Und die alte Kisljuk ging ganz in ihm auf. Also hatte er es dort besser.

Wieder kam Tolik angereist. Diesmal würden sie sich für lange trennen.

»Ich bin selbst schuld«, sagte Elja. »Ich habe ihn mir selbst entfremdet.«

»Du bist nicht schuld. Du hast nur dein Glück gesucht.«

Toliks Großmut versetzte Elja einen Schlag: Es war wie eine Ohrfeige.

Sie fing an zu weinen.

»Wir sind ja nicht aus der Welt«, sagte Tolik und schaute Elja furchtlos in die Augen. »Du hast uns und wirst uns immer haben.«

Kirjuscha zog seine Hand aus der seines Vaters und rannte los, um am Teichufer die Schwäne zu betrachten. Die Schwäne glitten über das Wasser. In der Mitte des Teiches stand ihr hölzernes Häuschen.

Nach *Aschenputtel* ging es mit Igor aufwärts. Er tauchte mal hier, mal da in einer Rolle auf, immer als derselbe Typus. Das flache Käppi war an seinem Kopf wie festgeklebt.

Eines Tages setzte es sich jemand in den Kopf, Mischatkin eine kleine Rolle als Weißer Offizier zu geben. Dieselbe Maskenbildnerin Walja schminkte ihn diesmal einen Ton heller; es entstand vornehme Blässe. Igor saß da und sah sich im großen Spiegel an: er sah ein kluges Gesicht, asketisch eingefallene Wangen, die leichte Arroganz eines Adligen und den Schmerz um das geschundene Vaterland.

Der Film über die ersten Jahre der Revolution hatte Premiere, und auf den Schauspieler Mischatkin kam eine Serie von Offiziersrollen zu.

Dann wechselte Igor vom Jahre 1908 ins Jahr 1941. Er spielte einen deutschen Offizier. Ein tadelloses akkurates Äußeres, ein Kneifer und in den Augen Grausamkeit. Der Feind schlechthin.

Es begann eine ›deutsche Serie‹. In einer Flut von Filmen wurde Igors Gesicht zum Klischee, seine Rollen waren wie Einweg-Feuerzeuge auf einem Fließband. Igor begriff das sehr wohl, aber wenn die nächste Klischeerolle kam, konnte er nicht nein sagen. Die Jahre ohne Engagements hatten ihn gebrochen. Er sagte zu und kam sich dabei vor wie eine Nutte. Igor trank, um seinen Lermontow-Komplex zu betäuben: das Nichtübereinstimmen von Träumen mit der Wirklichkeit.

Während der Künstler Mischatkin grübelte und litt, strickte Elja Mützen mit dazu passenden Schals. Sie kaufte in einem Geschäft englische Mohairwolle und strickte pro Tag ein Set. Auf die Mütze strickte sie mit derselben Wolle, aber in anderen Farben, eine Blume mit vier Blütenblättern. Es sah sehr schön aus.

Katja Minajewa verkaufte diese Sets in ihrem Bekanntenkreis für fünfzig Rubel das Stück. Einen Teil des Geldes behielt sie für sich. Den Rest gab sie Elja. Von diesem Geld lebten sie.

Igors Mutter sah Elja an wie Aschenputtel die Fee. Sie schwingt ihren kristallenen Zauberstab, und schon fällt alles vom Himmel, wovon man immer geträumt hat.

»Simsalabim!« – eine Rolle. Igor verändert sich. Er hat Arbeit.

»Simsalabim!« – die Wohnung. Wie angenehm das doch war, nicht mehr mit den Jungen in einem Zimmer wohnen zu müssen.

»Simsalabim!« – Putenschnitzel zum Mittagessen. Man konnte natürlich von allem möglichen satt werden, dem Magen machte das nichts aus. Aber dieses panierte weiße Fleisch ...

Einmal döste Igors Mutter vor dem Fernseher ein und hatte einen kurzen Traum: Elja erschien mit Präsident Bush in den Nachrichten.

»Was macht sie da?« wunderte sich Igor.

»Was macht *er* da?« korrigierte seine Mutter.

»Er ist der Präsident«, erklärte Igor.

»Wie hätte er denn ohne unsere Elja Präsident werden können?«

Igors Mutter wachte auf und wußte nicht mehr, was nun Traum und was Realität war. Die Bilder im Fernsehen waren schon wieder andere. Die Meteorologen sagten das Wetter voraus. Für Moskau wurde ›vorübergehend bewölkt‹ gemeldet.

»Elja, Sie sind ein wunderbarer Mensch!« sagte Igors Mutter voller Überzeugung. »Sie bringen es fertig, jede Lebenslage zu meistern.«

»Wie ein Bandwurm«, fügte Igor hinzu und kippte das Pathos. Ein Bandwurm lebt im Menschen, und wenn man ihn von dort vertreibt und ihn in der Ecke vergräbt, dann lebt er dort weiter.

Igor mochte solche Gespräche nicht. Na gut, die Wohnung. Na gut, seine Engagements. Aber was hatte Elja damit zu tun? Man engagierte ihn, weil er begabt war. Und die Wohnung hatten sie bekommen, weil er schon hier geboren war und hier vierzig Jahre lang gelebt hatte. Und zwei Zimmer für drei Leute, das war doch schließlich normal. Eher noch zu wenig. Was hatte seine Frau damit zu tun? Na gut, sie rennt hierhin und dorthin und stellt sich auf den Kopf. Was konnte er denn dafür, daß er in einer Zeit und in einem Land lebte, in dem man sich für ganz normale Sachen auf den Kopf stellen mußte? Sie konnte das eben und er nicht. Er, Igor Mischatkin, war Künstler und durfte sein Leben nicht mit *so etwas* vergeuden.

Igors Mutter sah das anders: Elja war auch eine Künstlerin, sie hatte nur anderes Handwerkszeug.

Igor arbeitete mit der Literatur. Er sprach fremde Texte und baute aus ihnen eine Figur zusammen. Elja dagegen baute ein Leben zusammen. Sie nahm ein Leben und machte daraus ein anderes.

Elja selbst dachte gar nicht so abstrakt: Man mußte einfach das Leben so gestalten, daß es den Träumen glich. Das hatte sie noch nicht geschafft. Der Wodka störte. Der Wodka ist ein Pferd, das jedes Feld zertrampelt, ganz egal, was da eingesät ist.

Elja beschloß, den Faktor Saufen unter Kontrolle zu bringen. Sie hatte überall ihre Leute. Wenn Igor beim Filmen einen kippte, dann klingelte bei Elja das Telefon.

Igor kam gut gelaunt nach Hause und schellte. Er bemühte sich, für alle Fälle, Elja nicht anzuhauchen und setzte ein wichtiges Gesicht auf. Die Tür öffnete sich, und Igor flog eine Faust entgegen, mitten in das wichtige Gesicht. Ein scharfer Schmerz im Nasenbein, Funken vor den Augen. Das wiederholte sich jedesmal. Zuerst die Faust. Dann das Verhör: mit wem, wieso, aus welchem Grund? Der Grund war jedesmal nicht von der Hand zu weisen.

Igor fing an sich ganz elementar zu fürchten. Er erlernte Reflexe wie der Pawlowsche Hund. Wodka verband sich in seinem Kopf geradewegs mit Funken vor den Augen. Igor reduzierte seine Saufereien drastisch.

Igors Mutter begann ernsthaft ihr Wertesystem in Frage zu stellen. Durfte man denn einen Menschen ins Gesicht schlagen? Aber wenn es für ihn gut war, dann vielleicht doch? Dann mußte man es vielleicht sogar? Sollte etwa die Tragödie ihrer Generation ein Zuviel an Feinfühligkeit gewesen sein? Ein Mangel an Durchsetzungsvermögen?

In Moskau trank Igor fast nie. Er fühlte sich besser, und ihm wurde klar, wieso die Talentlosen die Welt erobern konnten. Die fühlen sich schon früh am Morgen wohl und arbeiten an ihrer Karriere. Aber sowie Igor in eine fremde Stadt fuhr, ließ er sich so richtig vollaufen. Einmal, als er von einer Reise zurückkehrte, wollte er nur in ein dunkles Zimmer.

Elja verstand überhaupt nichts mehr und führte ihn ins Badezimmer.

Igor schaute angespannt zur Tür und sagte:

»Kommen Sie doch herein.«

Die Badezimmertür war angelehnt. Igors Augen glänzten aufgeregt.

»Da ist doch niemand«, sagte Elja.

»Mach das Licht aus, sonst finden sie uns.«

Er saß auf dem Badewannenrand und hatte vor irgend etwas Angst. Elja wurde klar: Mit Fäusten war da nicht zu helfen. Man mußte ihn behandeln lassen.

5

Das Genie

Iwan Alibekow, Kreisarzt der psychoanalytischen Klinik, schaute dumpf auf das Telefon. Er hatte gerade mit seiner Tochter telefoniert, der sechsjährigen Marischa, und sie hatte ihm erzählt, daß die Mama das Schloß an der Tür ausgetauscht hatte. Das hieß, daß er nicht mehr in die Wohnung hineinkam und nicht wußte, wo er übernachten sollte.

Verwandte hatte er in Moskau keine. Zu gemeinsamen Freunden gehen wollte er nicht. Man soll den Streit nicht aus dem Haus tragen. Obwohl: Das Zuhause war sowieso weg, blieb nur der Streit. Wohin geht die Liebe? Vielleicht hatte es sie gar nicht gegeben? Doch, es hatte sie gegeben. Sie hatten jede Minute ihres Glückes ausgekostet. Wie sich Tanjas Gesicht verändert hatte, wenn er ihr entgegenging. Was für eine verrückte Freude in ihren Augen! Sie hatten sich nie gestritten. Mit ihr konnte man sich gar nicht streiten. Wenn er eine kritische Bemerkung machte, blinzelte sie schuldbewußt. Sie machte ein so unglückliches Gesicht, daß sie ihm sofort leid tat. Und wenn sie ihm zuhörte, bekam sie so große Augen, daß man meinte, sie müßten jeden Moment herausfallen.

Ihr Gesicht – mal froh, mal unglücklich, dann wieder ganz aufmerksam – war wie ein Spiegel, in dem er sich selbst sah, und er war darin wie verwandelt und unglaublich schön. Ja, das war seine Tanja gewesen. Doch was hatte er im letzten Jahr in diesem Spiegel gesehen? Einen bemitleidenswerten Kerl, der zu nichts zu gebrauchen war. Nicht einmal dazu, einen Nagel in die Wand zu schlagen.

Und wie sich Tanjas Gesicht verändert hatte. Sie sah plötzlich aus wie eine Provinzschullehrerin mit Brille und einem Doppelkinn, die die Kinder streng nach Lehrbuch unterrichtet. Keinerlei eigene Gedanken.

Wohin war das alles geraten? Der Moloch Moskau hatte es aufgefressen.

Sie hätten nicht nach Moskau übersiedeln sollen. Sein Vater hatte die Zuzugsgenehmigung ergattert, als die Olympiade stattgefunden hatte. Moskau war völlig abgeriegelt, aber ›seine Leute‹ hatten ihnen eine Genehmigung ausgestellt. Sein Vater war ein hohes Tier. Er hatte Freunde in allen Positionen, auch im Moskauer Gebiet. Die rechtschaffene Tanja rümpfte die Nase, nutzte aber sehr wohl die Vorteile. Und auch das Geld seines Vaters nutzte sie. Dabei fragte sie mit hochgezogenen Augenbrauen: »Woher kommt das?« Iwan antwortete: »Vom Kamel.« Im Orient sind Geschenke Teil der Tradition. Auf Kamelen brachte man wertvolle Teppiche und Krüge mit Gold. Aber das ist lange her. Die Romantik ist verschwunden. Man bringt einfach das Geld in einer Schachtel; mal eine Schuh-, mal eine Stiefelschachtel, je nachdem. Wieviel Geld paßt in so eine Schachtel? Iwan wußte es nicht. Er hatte es nicht nachgezählt. Das tat seine Mutter. Dann teilte sie es auf. Einen Teil versteckte sie im Bad; hinter einer Kachel war ein Geheimfach. Einen Teil schickte sie Iwan. Tanja aber wollte, daß Iwan sein Geld selbst verdiente. Und sie behielt recht. Ein Jahr vor der Perestroika starb sein Vater. Er starb früh und wegen einer Bagatelle. Mit sechzig Jahren. Er hatte sich einen Zahn behandeln lassen, und wegen einer nicht sterilen Spritze bekam er eine Infektion. Blutvergiftung. Was für ein Wahnsinn.

Ein Jahr nach seinem Tod nahm man seiner Mutter die Datscha weg. Es hieß: ›wegen ungesetzlicher Einkünfte‹. Und seinen Vater bezeichnete man als Dieb. Genau so sagte man: »Ihr Mann war ein Dieb.« Gut, daß sein Vater das nicht mehr miterleben mußte. Er war als wichtiger Mann gestorben und mit allen Ehren beerdigt worden.

Iwan verstand die Welt nicht mehr. Sein Vater hatte – soweit ihm bekannt war – von morgens bis abends gearbeitet. Er war immer zu Fuß gegangen. Hatte keine Herrscherallüren gehabt. Na gut, er hatte Geld angenommen. Aber er hatte es doch nicht verlangt. Nichts erpreßt. Man brachte es ihm und ließ es liegen. Alle nahmen damals Geld an, und er war eben wie alle gewesen. Warum hätte er anders sein sollen? Er tat Iwan unendlich leid. Das Leben seines Vaters wurde in den Schmutz gezogen, und das, obwohl er schon tot war. Wo bist du, Vater? Wo ist deine Ehre? Meine Frau wirft mich aus dem Haus. Wo soll ich schlafen?

Die Tür ging auf. Eine Blondine kam herein, die der Anikejewa ähnelte. Sie fragte:

»Kann ich Sie sprechen?«

»Treten Sie näher«, sagte Iwan düster.

Die Anikejewa... Dieses Miststück. Die hatte Tanja gegen ihn aufgehetzt: »Iwan ist wirklich keine Leuchte. Begreif doch endlich, daß er mieser ist als achtzig Prozent aller übrigen Männer.« Die hatte ihr die Augen geöffnet. Und plötzlich sah Tanja ihn anders. Und in der Tat: Er hatte ihr schon alle Lieder gesungen. Den Takt geschlagen. Die Worte aufgesagt. Er hatte sich nach der Decke gestreckt. Aber seine Decke hing niedrig: zweihundert Rubel brutto.

Die Blondine setzte sich und schaute Iwan an. Er griff nach dem Telefonhörer. Wieder war seine Tochter dran.

»Marischa, komm, wir treffen uns draußen«, setzte er mit besorgter Stimme das Gespräch fort. »Ich muß ja nicht unbedingt zu euch kommen.«

»Ich frag die Mama«, sagte Marischa.

»Frag sie. Ich warte.«

»Sie ist jetzt nicht da. Sie ist Tennis spielen gegangen.«

›Mit der Anikejewa‹, dachte Iwan und legte auf. ›Diese Aristokratinnen.‹

»Ich bin die Frau des Schauspielers Igor Mischatkin. Kennen Sie ihn?« interessierte sich die Blondine. Noch so eine Aristokratin.

Iwan antwortete nicht. Er überlegte, wo er übernachten konnte und rief seinen alten Freund Kolja an. Bis zur Perestroika war Kolja ein Schwarzhändler gewesen, jetzt war er ein Geschäftsmann. Er hatte mit einer Kooperative ein Schuhgeschäft aufgemacht und sich mit Armeniern zusammengetan, die ihm modische Schuhe lieferten. Umsatz: drei Millionen. Das war eine Decke!

Kolja ging ans Telefon.

»Kann ich bei dir übernachten?« fragte Iwan.

»Bist du zu Hause rausgeflogen?« erriet Kolja sofort die Sachlage.

»So ähnlich«, sagte Iwan unwirsch.

»Zu wenig Geld nach Hause getragen?« erriet Kolja weiter.

»So ähnlich.«

»Komm her. Aber ich bin heute abend im Theater. Ich komme erst um elf zurück.«

»In Ordnung.« Iwan legte auf. Er überlegte, wo er sich bis elf Uhr rumtreiben sollte.

Elja sah den Arzt an. Er dachte offensichtlich gar nicht daran, sich mit ihr zu beschäftigen.

»Hören Sie mal«, sagte sie neugierig. »Wieso sitzen Sie eigentlich hier?«

»Was?« Der Arzt hob den Kopf und sah sie an. Seine Augen waren seltsam birnenförmig: Sie verliefen einen Großteil schmal und wurden dann zu den Schläfen hin breiter.

Iwan Alibekow war ein ›Halbblut‹, obwohl es eigentlich richtiger heißen müßte ein ›Zweiblut‹. In seinen Adern flossen zwei Arten von Blut: slawisches und asiatisches. Die Form seiner Augen spiegelte den Kampf zweier Völker und den Sieg der Slawen wider.

Beim Anblick seiner Augen wurde Elja weich und verlor ihren Kampfgeist.

»Ich bin die Frau des Schauspielers Mischatkin«, erinnerte sie sanft. »Es geht ihm nervlich schlecht. Wenn er hier offiziell behandelt wird, bekommt er niemals mehr eine Genehmigung, ins Ausland zu reisen. Ich möchte, daß Sie ihn privat behandeln.«

Iwan hörte geistesabwesend zu, dann nahm er das Telefon und hakte seine Finger in die Wählscheibe. Elja stand auf, ging zum Stecker und riß die Schnur samt Stecker und einem Stück Wand heraus.

Der Arzt sah Elja an, als sei er gerade aufgewacht und sagte:

»Ich weiß nicht, was Ihr Mann mit den Nerven hat. Aber *Ihre* sind nicht gerade die besten. Setzen Sie sich.«

Er schob einen Stuhl in die Mitte des Raumes.

»Wozu?« fragte Elja verständnislos.

»Setzen Sie sich.« Plötzlich dominierten seine birnenförmigen Augen sein Gesicht.

Elja setzte sich. Iwan streckte die Hand nach ihr aus, wie der Eiserne Reiter. Ihr Kopf wurde heiß. Sie wurde ein bißchen müde. Die Stimme des Arztes war wohltuend und beruhigend wie die des Herrgottes selbst.

»Stellen Sie sich vor, Sie sind ein Kind. Sie sind acht Jahre alt. Sie sind im Pionierferienlager. Es ist Elternbesuchstag. Jedes Kind hat Besuch bekommen, nur Sie nicht. Alle freuen sich, nur Sie weinen . . .«

Aus den Tiefen der Erinnerung tauchte dieser lang zurückliegende Tag auf, und er schien mit einem Mal gar nicht mehr lange her zu sein.

Eine Laienbühne unter freiem Himmel. Auf der Bühne ein Chor – Mädchen und Jungen, sie singen *›Pionier, verlier keine Zeit‹*. Auf den Holzbänken sitzen die Elternpaare und schauen zu Tränen gerührt auf ihre Sprößlinge. Auf Elja schaut niemand, niemand kümmert sich um sie. Ihre Mutter ist nicht gekommen.

Elja singt und geht dann von der Bühne weg; zuerst geht sie in den Wald, dann übers Feld, das sich hinter dem Wald erstreckt. Niemand hat bemerkt, daß sie weggegangen ist, niemand hat sie zurückgehalten. Im Glück vergißt man seine Mitmenschen.

Ein Gewitter bricht los. Elja steht ganz allein auf dem Feld. Sie ist der höchste Punkt weit und breit, wie ein Blitzableiter auf dem Dach. Wenn ein Blitz eingeschlagen hätte, hätte er genau sie getroffen. ›Soll er mich doch treffen‹, denkt Elja rachsüchtig. ›Dann werden sie um mich weinen, daran denken, wie gemein sie zu mir waren.‹ Elja weint aus Selbstmitleid. Plötzlich sieht sie noch etwas, das sich über das Feld bewegt. Es kommt von der Vorstadtbahnlinie her. Mama... Sie hat eine schwere Tasche in den Händen. In der Tasche ist etwas Leckeres. Mama... Mamachen...

»Und jetzt stellen Sie sich vor: Der Elternbesuchstag ist zu Ende. Es ist Abend. Alle Eltern fahren wieder weg. Alle weinen. Aber Sie sind glücklich. Zu Ihnen ist die Mama gekommen.«

Elja erhob sich von ihrem Stuhl. Tränen liefen ihr über die Wangen, die kühle Spuren hinterließen.

»Woher wissen Sie das?« fragte Elja still und erschüttert.

»Das ist ganz einfach. Es ist das Gesetz der Kompensation.«

»Aber woher wissen Sie das mit dem Pionierlager?«

Iwan besaß die Fähigkeit des Voraus- und Zurücksehens. Er konnte das sehen, was vergangen war und das, was noch bevorstand. Diese Eigenschaft hatte er an sich in der vierten Klasse entdeckt, als ihm bei einer Klassenarbeit die Zeit knapp wurde und der Lehrer ihm schon das Blatt aus der Hand nehmen wollte. Iwan strengte sich bis an die äußerste Grenze menschlicher Kraft an, und auf einmal sah er den Ring seiner Mutter ganz weit hinten unter einem Schrank vor sich. Diesen Ring hatte sie vor einem Jahr verloren. Sie hatten schon die Putzfrau Soja verdächtigt.

Iwan kam nach Hause, kroch unter den Schrank und holte den Ring in einem Kokon aus Staub und Wollmäusen heraus. Dann passierte es nie wieder. Es war weg. So geht wohl ein Talent verloren, wenn man es nicht ausnutzt.

Jetzt hatte Iwan plötzlich Elja gesehen, ein kleines Mädchen, das mitten auf dem Feld stand und weinte. Er sah sie verschwommen, wie die Projektion eines alten abgenutzten Filmes auf der Leinwand. Aber er sah sie. Also war *es* wieder da.

»Sie sind ein Genie«, sagte Elja.

Iwan machte eine unbestimmte Bewegung mit dem Mund und den Augenbrauen.

Iwan glaubte fest daran, daß ein Gedanke etwas Materielles war. Er war keine Mystik, sondern Realität. Aber sollten diese unterbelichteten Anikejewas ihn ruhig für ein Genie halten. Dann würde er nicht zu den letzten zwanzig, sondern zu den ersten achtzig Prozent gehören.

Elja schaute Iwan mit großen Augen an. Genies sind auch Menschen. Sie haben keine zwei Köpfe und keine vier Augen. Es sind ganz normale Menschen, manchmal sogar mit schlechten Stiefeln. Meistens sogar, denn für sie, die Genies, ist so was Kleinkram.

Iwan Alibekow kam nun regelmäßig in die Wohnung an den Patriarchenteichen. Er heilte Igor mit Hypnose. Seine Methode war Elja unbekannt. Das Wesentliche der Methode bestand darin zu erkennen, daß der Teil des Gehirns blockiert war, der den Willen kontrolliert. Anscheinend war Alkoholismus eine Willenskrankheit, also mußte man den Willen unter der Knute halten wie ein Stück Vieh und nicht liebevoll mit ihm reden wie mit einem launischen Kind. Bei dieser Heilmethode war Alkohol absolut verboten, ansonsten wäre man innerhalb einer Stunde gestorben.

Der Wunsch zu leben erwies sich bei Igor stärker als der Wunsch sich zu betrinken. Der Selbsterhaltungstrieb siegte über alle anderen Triebe.

Igors Mutter konnte an diese Verwandlung kaum glauben. Igor war nüchtern, gesund und arbeitete viel. Und noch vor kurzem hatte sie geglaubt, sie würde ihren Sohn verlieren. Sie fürchtete, ihr Sohn könne vor ihr sterben, das war ihre größte Angst, ihre Panik, die ihre Seele vereiste. Sie durfte ihr nicht zur Gewohnheit werden.

Und jetzt – was für ein Wandel! Igors Mutter sah Elja mit flehendem Blick an und sagte:

»Mein Kind, womit hab ich so ein Glück verdient?«

»Für die früheren Leiden«, antwortete Elja. »Das Gesetz der Kompensation.«

»Ich hab solche Angst, daß alles plötzlich aufhört«, sagte Igors Mutter und machte eine Faust, als wolle sie den jetzigen Zustand festhalten.

Alle waren glücklich außer Igor. Auf seinem Gesicht machte sich ein Ausdruck des Ekels breit, als müßte er einen schlechten Geruch ertragen. Igor war immer ohne ersichtlichen Grund bedrückt. Er war wie verwunschen.

»Es fällt ihm sehr schwer, nicht zu trinken«, erklärte Iwan.

»Aber was soll man denn machen?« fragte Elja verstört.

»Nichts kann man da machen. Von zwei Übeln muß man das kleinere eben in Kauf nehmen.«

Und wirklich: Sollte Igor lieber mißmutig und nüchtern sein als mißmutig und betrunken. Elja setzte hinter ihre Beziehung mit Igor einen Punkt. Sie hatte für ihn alles getan, was in ihrer Macht stand. Sie hatte ihm Arbeit beschafft, eine Wohnung, hatte ihm seine Gesundheit zurückgegeben. Was wollte er denn noch? Sie hätte ihm sogar ihre Seele gegeben, aber Igor zu lieben war uninteressant. Er konnte nur in sich selbst hineinhorchen und allen wegen irgend etwas böse sein. Und je mehr man für ihn tat, um so beleidigter wurde er.

Sie hatte Igor umgepflügt, auf ihm gesät, aber es wuchsen nur Klettensträucher. Iwan Alibekow lag ihr zu Füßen wie ein noch unbeackertes Stück Land. Da konnte man noch lange pflügen. Diese Erde war fruchtbar.

Die Menschen sind aus verschiedenen Gründen unglücklich. *Die einen weinen, weil das Brot hart ist, die anderen, weil die Perlen klein sind,* wie es im Sprichwort heißt. Aber weinen tun sie alle. Und alle wollen Mitgefühl.

Elja riet Iwan, eine private Praxis für Psychoanalyse aufzumachen, so wie im dekadenten Westen. Aber Iwan hatte Angst, daß man ihn ins Gefängnis bringen würde. Es würde heißen: ›Wie der Vater, so der Sohn.‹

Für Iwan war es ruhiger und bequemer, in einer staatlichen Klinik zu arbeiten. Das war, woran er gewohnt war. In gewissem Sinn war er ein Gegner der Perestroika. Die Zeit der Stagnation, in der er eine sorglose Kindheit und Jugend verbracht hatte, hatte ihm gut in den Kram gepaßt. Das hatte ihn geprägt. Er war erstarrt wie Gips. Man mußte ihn neu gießen. Aber dazu mußte man zuerst die alte Form zerschlagen.

Elja zerschlug die alte Form. Aber nicht mit der Faust, sondern mit Klienten.

Die erste private Klientin wurde Valerij Mina-jews Mutter, die eine späte Mittlebenskrise hatte.

Im Leben eines Menschen gibt es zwei Phasen: vom Anfang zur Mitte und von der Mitte zum Ende. Mädchen – Frau – Greisin. Vom ersten zum zweiten Punkt wollen alle so schnell wie möglich. Aber niemand will zum dritten. Aber – so sagen die östlichen Weisen – das richtige Leben beginnt erst nach fünfzig.

Iwan stellte ihr eine Diät zusammen, ein Tages-programm, empfahl ihr, Sport zu treiben. Er orga-nisierte ihre Zeit und brachte ihre Angelegenhei-ten in die richtige Reihenfolge, brachte sie in Ordnung. Und schon befehligte nicht mehr die Zeit den Menschen, sondern der Mensch die Zeit.

Eigentlich verband Iwan die Arbeit eines Arztes mit der eines Seelsorgers.

Die Minajewa ging weg, eilte zu ihrem neuen Tagesprogramm und ihrer Diät, freute sich auf eine neue Möglichkeit, an sich zu arbeiten. Sie ließ auf einer Ecke des Schreibtisches einen Briefum-schlag zurück.

Iwan zuckte zusammen, als hätte ihn jemand beleidigt und rannte ihr hinterher. Aber er holte sie nicht mehr ein. Er rief Elja an und schrie ins Telefon, daß er ein Heiler sei und kein Schwarzar-beiter, daß er nicht daran denke, sich an diesen

Unglücklichen zu bereichern und so fort. Er war sehr aufgebracht.

Elja hörte ihn zu Ende an und antwortete, daß die Leute für medizinische Behandlung unbedingt bezahlen müßten. Eine Behandlung, die gratis sei, sei umsonst.

Iwan wollte das glauben, und so glaubte er es. Am nächsten Tag kaufte er Marischa Filzstifte und Gummistiefel für den Herbst. Ein anderes Mal kaufte er für Elja Rosen – große Knospen auf kräftigen, langen Stielen. Er fühlte sich als Mann. Es stellte sich heraus, daß es viel mehr Spaß machte, anderen etwas zu schenken, als selbst etwas zu bekommen. Aber um anderen etwas zu schenken, muß man erst einmal selbst etwas haben, und so fand sich Iwan mit den Rubeln in den Umschlägen ab.

Die alte Minajewa trieb Iwan all ihre Freundinnen in die Praxis. Eine Serie von welkenden Schönheiten mit noch unverwelkten Seelen kam zu ihm. Die Seele sagt dir das eine; aber die Zeit hält dir den Paß vor die Nase, und die Erde schwankt einem unter den Füßen. An was sollte man sich festhalten? An wem?

Nach den welkenden Schönheiten begann eine Serie vierzigjähriger Männer. Fast alle hatten eine

Neigung zum Weltschmerz und den Wunsch, in ihrem Leben alles zu ändern: die Arbeit, die Frau, das Land, die politischen Verhältnisse. Mit vierzig, wenn man begreift, daß die Hälfte des Lebens vorbei ist – noch dazu die bessere Hälfte –, stellt sich einem die Frage: Ist das nun alles? Da liefen sie zu Iwan, um nicht überzuschnappen.

Nach den Vierzigern kamen die Prestigealkoholiker, das war Iwan Mischatkins Kontingent.

Iwan bohrte sorgfältig in ihren Seelenleben herum wie in einem kaputten Motor. Besonders sorgfältig nahm er die Kindheit auseinander, denn damit fängt alles an.

Glückliche Leute kamen nicht zu Iwan, und deshalb schien es ihm, daß alle vom Leben erdrückt würden und befürchteten zu sterben.

Er legte allen die Hand auf. Seine Hand strahlte Wärme aus. Man wurde müde. Man wollte alles vergessen und einschlafen.

Er versöhnte sich nicht mit seiner Frau und übernachtete weiterhin bei Kolja. Kolja erlaubte Iwan den Aufenthalt nur auf dem winzigen Raum, auf dem er sich auch aufhielt. Wenn Iwan nachts aufstand, weil er Durst hatte oder zur Toilette mußte, stand Kolja ebenfalls auf und begleitete ihn wie eine Eskorte. Iwan ärgerte das, bis er dahinterkam, daß Kolja irgendwo Geld versteckt hatte. Er befürchtete, daß Iwan mit seinen hellseherischen Fähigkeiten das Geheimversteck finden und ausplündern könnte.

Elja suchte für Iwan eine Wohnung im Zentrum Moskaus, aber freie Wohnungen gab es nur in den Neubaugebieten weit vom Stadtzentrum entfernt. Diese Wohnungen lagen näher an Leningrad als an den Patriarchenteichen.

Iwan mußte sich mit seiner Obdachlosigkeit und mit Kolja abfinden. Kolja sah ziemlich ekelhaft aus. Sein Gesicht war voller Blasen und Schwellungen, wie nach einem Bienenangriff. Aber so was ist schließlich nicht wichtig. Wichtig waren Elja und Marischa. Aber Elja war die Frau eines anderen. Und Marischa bekam er nur einmal pro Woche zu Gesicht, am Treppenaufgang im Hinterhof.

6

›Der-der-entscheidet‹

Ein halbes Jahr später eröffnete Iwan seine private psychoanalytische Praxis. Wie in Schweden. Dafür hatte er vier Dinge gebraucht: den Willen, das Geld, ein medizinisches Diplom und Elja.

Elja war gleich zu dem gegangen, ›der entscheidet‹. ›Der-der-entscheidet‹ war gerade in äußerst schlechter Stimmung, und dafür gab es gewichtige Gründe. Die Ärzte hatten bei ihm ein Geschwür festgestellt; er würde sich zur Beobachtung ins Krankenhaus legen müssen.

Elja brachte ›Der-der-entscheidet‹ zu Iwan, oder besser gesagt umgekehrt: Sie brachte Iwan zu ihm, in das riesige Büro.

Iwan konzentrierte sich, streckte die Hände aus und bewegte sie wie ein Minensucher über den umfangreichen Körper.

Er ließ die Hände sinken und sagte:

»Sie haben einen Fettpfropfen in der Gegend des Solarplexus.«

»Und was ist das?« ›Der-der-entscheidet‹ begriff nicht.

»Einfach Fett«, erklärte Iwan. »Sie essen zu viel.

Sie haben achtzig Prozent Übergewicht. Ihre Therapie: hungern.«

»Und das ist alles?« fragte ›Der-der-entscheidet‹ noch ungläubig. Er hatte befürchtet, seine Heilung könne nur im Jenseits liegen.

»Woher wissen Sie, daß es kein Krebsgeschwür ist, sondern nur Fett?« zweifelte ›Der-der-entscheidet‹.

»Das spüre ich«, sagte Iwan. »Von einem bösartigen Geschwür geht eine Kältestrahlung aus und von einem gutartigen Wärme.«

›Der-der-entscheidet‹ glaubte noch nicht so ganz daran, aber seine Laune besserte sich schlagartig.

Einen Monat später bestätigten die Ärzte Iwans Diagnose. ›Der-der-entscheidet‹ vermittelte Iwan einen Praxisraum im Zentrum von Moskau, sieben Minuten vom Kreml entfernt.

Eine Praxis in einem vorrevolutionären zweistöckigen Kaufmannshaus. Das frühere Dienstmädchenzimmer war acht Quadratmeter groß. Mehr brauchte er nicht.

Vor dem Fenster standen Bäume, auf der Fensterbank ein Blumentopf mit Geranien, an den Fenstern hingen Halbgardinen aus Kattun.

Iwan bekam Dauerklienten. Sprechstunden. Sechzig Minuten pro Person. Früher, als er noch in der staatlichen Klinik gearbeitet hatte, waren auf eine Person nur acht Minuten gekommen. Acht Minuten untersuchen, sieben Minuten aufschreiben. Zusammen fünfzehn Minuten. Was kann man in dieser kurzen Zeit über einen Menschen erfahren? Und wozu wurde alles penibel aufgeschrieben? Wer liest das schon?

Iwan hatte wieder Geld, wie damals, als sein Vater noch lebte. Aber diesmal hatte er es selbst verdient, was nicht dasselbe war.

Der Kauf eines Autos war die Krönung seines finanziellen Erfolges. Das ist doch gleich was anderes als Filzstifte und Rosen. Ein Auto! Elja half, die Farbe auszusuchen. Sie wollte ein rotes. Iwan gefiel die Farbe nicht, aber er fügte sich schweigend. Manchmal kam es ihm so vor, als ob ihm sein Vater einen Schutzengel geschickt hatte: Elja. Obwohl, sein Vater war Moslem gewesen, und sein Schutzengel, ein Gesandter Allahs, hätte wohl anders ausgesehen.

Iwan arbeitete vier Stunden täglich. In diesen vier Stunden verströmte er seine ganze Energie. Dann mußte er sich regenerieren. Er regenerierte sich durch Elja und durch die Natur. Sie fuhren zusammen hinaus aus der Stadt ins Grüne.

Einmal hielt er neben einer Wiese an. Das Gras war frisch aus der Erde gesprossen, war jung, gerade in der Pubertät. Jeder Grashalm glänzte in der Sonne. Über der Wiese lag das Licht smaragdfarben. Eine beigefarbene Kuh, mit ungewöhnlich prallem Euter, zupfte träge ein paar Grashalme.

Iwan sah gedankenverloren auf die Wiese und sagte dann:

»Sie wollte ständig irgendwas von mir und melkte mich wie eine Kuh. Aber ich war leer. Selbst wenn sie mir die Zitzen abgerissen hätte, hätte ich auch nur gemuht.«

Elja ging auf, daß ›sie‹ seine Frau war. Und außerdem wurde ihr klar, daß er ständig an seine Familie dachte.

»Und du hast mich auf die Wiese geführt. Ruhig und ohne Worte. Hast mir den Hals gestreichelt, und schon floß meine Milch in Strömen.«

»Komischer Vergleich, das mit der Kuh.«

Aber Elja verstand sehr wohl, daß er seine Dankbarkeit ausdrückte.

Iwan sah sie an. Elja war schöner als die Anikejewa. Sie war derselbe Frauentyp, aber sie hatte Güte. Güte ist auch etwas Äußerliches. Und die Anikejewa hatte zwei Reihen Zähne wie ein Hai.

Iwan nahm ihre Hand, zog sie zu seinem Gesicht, um ihre Handflächen zu küssen. Aber kurz vor seinen Lippen hielt er inne. Die Schicksalslinien trafen sich in der Mitte der Hand und bildeten ein Kreuz.

»Warst du mal sehr krank?« fragte Iwan.

»Nein«, sagte Elja erstaunt.

»Hast du mal einen Selbstmordversuch gemacht?«

»Spinnst du?«

»Komisch.« Iwan zuckte die Achseln. »Da ist eine Lebenslinie und nebendran noch eine. Parallel.«

Iwan küßte beide Linien. Er versteckte sein Gesicht in ihren Handflächen.

Die schöne Kuh von der edlen Farbe eines Elches fraß langsam und genüßlich das frische Gras.

»Weißt du was?« fragte Iwan gedankenverloren.

»Was?«

»Ohne dich geh ich zugrunde.«

So brach eine neue Etappe in Eljas Leben an. Sie hieß ›Iwan‹. Was sie auch immer tat, ob sie kochte, strickte oder Staub wischte: Iwan war in ihr und um sie herum, wie die Luft.

Manchmal reichte die Luft nicht aus. Etwas bohrte in ihr. Elja fühlte den Mangel. Ihre Nerven waren angespannt. In solchen Momenten fiel ihr alles aus den Händen: Löffel, Teller, die gußeiserne Pfanne, in der sie ein Huhn briet. Der Aufprall der Pfanne auf dem Boden war wie eine Explosion, wie ein Schlag mit der ganzen Hand über die angespannten Saiten ihrer Nerven.

Elja wollte schreien, daß man es auf der ganzen Welt hörte. Ein Schrei bis zum Himmel. Und innerlich schrie sie auch: Aaah! Manchmal drang es nach draußen. Es war wie ein langes Stöhnen.

Igors Mutter betrachtete Elja sehr aufmerksam, und es schien, als höre sie den inneren Schrei. Sie nickte, als bejahe sie einen ihrer eigenen Gedanken.

Gegen zwei Uhr eilte Elja zu dem alten Kaufmannshaus. Sie ging zu dem roten Auto und wischte mit der Hand, mit langsamer, zärtlicher Bewegung, die Windschutzscheibe ab. Es war für sie, als ob sie Iwan selbst übers Gesicht streichelte. Hier neben dem Auto wurde sie ganz ruhig, als wäre sie endlich zu Hause angekommen.

Iwan kam herausgerannt, zog sich im Gehen an. Er rannte jetzt die ganze Zeit.

Von zwei bis sechs, das war ihre Zeit. Um sechs mußte Elja nach Hause zurückkehren, wie Aschenputtel vom Ball. Sie hätte sich auch nicht so zu beeilen brauchen, aber ihr tat die Schwiegermutter leid. Die alte Frau war so, daß man ihr einfach keinen Kummer machen wollte. Sie saßen zusammen im Café, im Kino, wie die Oberschüler. Manchmal schlenderten sie über den *Arbat*. Sie redeten immer über dasselbe: wie schön es wäre, sich nicht trennen zu müssen. Er wurde es nicht leid, davon zu erzählen, und sie wurde es nicht leid zuzuhören. Die Leute, die Häuser, die Laternen – alles hatte einen besonderen, zusätzlichen Sinn. Wenn Elja nicht wäre – wäre alles sinnlos, die Leute genau wie die Häuser und die Laternen, und die Opfer, die sie brachten und das ganze Leben.

Sie gingen Hand in Hand, die Finger ineinander verflochten. Durch ihre Finger floß die Energie junger Körper. Elja fühlte sich wie die Kuh, die frisches Gras fraß, und die Säfte der Erde und die Sonnenstrahlen überfluteten sie. Sie war voll, übervoll. Das Glück stand ihr bis zur Kehle. Iwan beugte sich von Zeit zu Zeit zu ihr herab, küßte sie und trank ein paar Schlucke Glück ab.

Die vier Stunden waren eine Ewigkeit und verflogen doch wie ein kurzer Augenblick. Iwan brachte Elja nach Hause. Sie saßen noch lange im Auto und litten unter der bevorstehenden Trennung. Sie trösteten sich damit, daß Elja morgen um zehn Uhr fünfzehn anrufen würde. Diese Minuten der Trennung waren die schlimmsten. Danach wurde es besser. Elja ging ins Haus, setzte eine geschäftige Miene auf. Sie log ruhig und geschickt. Die Wohnung brachte Elja wieder ins Gleichgewicht. Aber nicht für lange. Vor dem Einschlafen wurde ihr wieder eng ums Herz, in ihr heulte eine Sirene. Mit Mühe lebte sie bis zum Morgen, bis zehn Uhr fünfzehn, bis sie die vertrauten sieben Ziffern wählen konnte. Seine Stimme hören. Iwan stellte die immer gleiche Frage:

»Nun, wie geht es dir?« – Nicht ›Wie geht's?‹, sondern ›Wie geht es dir?‹.

Elja versank in seiner tiefen Stimme, sog sie in sich ein. Dann stellte sie die ebenfalls immer gleiche Frage:

»Und du? Was liegt dir auf der Seele?«

Iwan schwieg und hörte in sich hinein. In seiner Seele war Liebe und Schmerz. Er fühlte sich schuldig vor seiner Frau, vor Igor, vor seinen Patienten.

Vieles lag ihm auf der Seele.

»Sag mir was«, bat Iwan.

»Ja, ich sag dir was«, versprach Elja. Und dieses ›ich sag dir was‹ war wie ein Rettungsring, den man einem Ertrinkenden zuwirft.

Der Tag begann mit einem grauen, naßkalten Morgen. Man hätte meinen können, daß jemand den Himmel, die Häuser, die Bäume, alles mit derselben grauen Farbe angestrichen hatte.

Iwan schloß seine Praxis auf. Er hörte, daß das Telefon klingelte und wunderte sich. Es war erst zehn. Und zehn und zehn Uhr fünfzehn sind nicht dasselbe.

Er nahm den Hörer ab. Die Stimme seiner Tochter fragte:

»Wer ist da?«

»Ich bin es«, sagte Iwan. »Grüß dich, Marischa.«

»Wann kommst du zu mir?«

»Wann willst du?« fragte Iwan.

»Die Mama sagt, du sollst heute zum Mittagessen kommen. Es gibt Zitronenkuchen.«

›Die Mama hat gesagt.‹ Iwan war alles klar. Die achtzig Prozent tolleren Männer hatten sich einer nach dem anderen in Luft aufgelöst. Und Iwan war in derselben Zeit betuchter geworden, hatte seine eigene Praxis – wenn auch nur auf acht Quadratmetern –, hatte ein eigenes Auto, noch dazu ein äußerst schwer zu ergatterndes Modell. Und er schlenderte mit seiner eigenen Anikejewa über den *Arbat,* für die er toller war als hundert Prozent der übrigen männlichen Bevölkerung. Man hatte sie wohl zusammen gesehen und es seiner Frau zugetragen.

»Ich ruf später wieder an«, sagte Iwan und legte auf.

Zehn Uhr fünfzehn. Wieder klingelte das Telefon. Iwan nahm ab. Er fragte:

»Wie geht es dir?«

»Gut«, sagte seine Frau. »Kommst du?«

»Ich hab zu tun.«

»Wieso? Willst du dein Kind nicht sehen?« fragte seine Frau erstaunt und arglos.

»Das Kind schon. Aber dich nicht.«

»Dann komm an den Treppenaufgang, wie immer«, sagte Tanja. Sie war nicht beleidigt. Ihr war jede Variante recht.

Der Hof eignete sich nicht zum Spazierengehen: Da war kein Spielplatz, kein Fleckchen Gras. Direkt dem Haus gegenüber war ein Weg, auf dem viele Autos fuhren und auf dem Jugendliche mit Fahrrädern hin- und herflitzten. Immer jagte hier einer den anderen: die Autos die Fahrradfahrer und die Fahrradfahrer die Fußgänger.

Iwan bemerkte, daß die Kinder im Hof einander ähnelten, als seien sie alle Geschwister: braungebrannt, große Augen und Lockenköpfe. Die Häuser gehörten einer Genossenschaft, und der Vorsitzende der Genossenschaft war ein Südländer und gab bei Neubewerbern den Familien seiner Nation den Vorzug. Nachbarschaftshilfe eines kleinen Volkes.

Von Zeit zu Zeit trat ein dicke Frau auf den Balkon und rief:

»Alber-tik!«

Die Russen rufen anders. Bei ihnen ist die zweite Silbe zwei Töne tiefer. Bei den Südländern dagegen, auch bei den Italienern, ist die zweite Silbe auf der gleichen Tonhöhe.

»Alber-tik...«

Auf dem Parkplatz gegenüber dem Treppenaufgang standen Autos der Marke *Volvo* und *Mercedes*. Im Haus wohnten Außenhandelsfunktionäre. Iwan kam es einen Moment lang vor, als sei er in Sizilien: braungebrannte Kinder mit großen Augen, ausländische Autos, die dicke Frau auf dem Balkon, die zum Trocknen aufgehängte Wäsche.

Iwan wartete auf Marischa. Gleich würde sie herunterkommen: Mit ihrem spitzen Gesichtchen und den spindeldürren Beinchen glich sie einem Kind der Hexe Kikimora. Sie würde an ihm hochspringen, ihn mit Armen und Beinen umklammern und sofort fragen: »Was hast du mir mitgebracht?«

Iwan erwartete Marischa, aber statt dessen kam seine Frau herunter und sagte:

»Was stehst du hier rum wie ein Flüchtling? Hast du kein Zuhause? Komm mit hoch.«

Sie sagte das so einfach, als ob es sich ganz von selbst verstünde, und schaute dabei, als könne sie kein Wässerchen trüben, als gäbe es seine Obdachlosigkeit gar nicht und auch nicht seine Spaziergänge über den *Arbat*.

Tanja wartete. Iwan konzentrierte sich mit allen Kräften, wie damals an dem lang zurückliegenden Tag der Klassenarbeit. Er hatte eine verschwommene Vision: Ein alter Mann und eine alte Frau sitzen vor dem Fernseher. Die alte Frau ist dick und der alte Mann dürr. Ein vertrockneter Opa. Was er sah, war verwischt, als wenn Wasser über das Bild geflossen wäre. Iwan sah genau hin und erkannte in den alten Leuten sich selbst und Tanja.

7

Wenn die Seele stillsteht

Elja drehte die Wählscheibe. Kein Anschluß unter dieser Nummer. Elja rief bei der Auskunft an. Man sagte ihr, daß die Nummer geändert worden war. Abends rief Elja bei Kolja an. Kolja sagte ihr, daß Iwan zu seiner Frau zurückgekehrt sei und nicht mehr zu ihm käme.

Elja sagte: »Danke.« Kolja antwortete: »Bitte schön.« Er fragte, ob er was ausrichten solle. Elja sagte, daß das nicht nötig sei.

Alles war klar. Und gleichzeitig auch alles unklar. Obwohl – natürlich war alles klar. Die Tatsachen sprachen für sich selbst. Wozu Worte? Und dennoch brauchte sie Worte. Menschen unterscheiden sich von Tieren dadurch, daß sie Worte haben. Aber möglicherweise war das eine besondere Art von asiatischer Hinterlist, die den einfachen Gemütern mittlerer Breiten unbekannt ist.

Elja beschloß zu warten, die Pause durchzuhalten. Sie würde ihn mit ihrem Schweigen weichkochen.

Es verging eine Woche. Elja starb langsam, aber sie schaffte es, dabei zu essen, zu reden, irgendwohin zu gehen und wieder heimzukommen, die Schwiegermutter zu fragen: »Hat jemand angerufen?«

Die Schwiegermutter zählte auf, wer angerufen hatte. Iwan war nicht dabei.

»Hat Iwan nicht angerufen?« fragte Elja wie beiläufig nach.

»Nein«, versicherte die Schwiegermutter. Elja vergrub sich noch tiefer in ihren Tod.

Ein Mensch gilt als tot, wenn das Herz stillsteht. Und was, wenn die Seele stillsteht?

Am Ende der Woche ging Elja zu dem alten Kaufmannshaus. Das Auto stand an seinem Platz. Im Laufe des Tages war es ganz zugeschneit worden. Elja wischte den trockenen Schnee von der Windschutzscheibe, ohne ihre Handschuhe auszuziehen.

Vom Fenster aus sah Iwan, wie Elja das Auto abwischte. Das war entsetzlich. Hätte sie nur einen Backstein genommen und damit auf das Dach oder die Kühlerhaube geschlagen. Aber sie befreite liebevoll das Auto vom Schnee, als ob sie ihm alles verzeihen würde.

Die Sprechstunde war zu Ende. Iwan saß da. Elja wartete.

Die Putzfrau kam herein und fragte:

»Schließen Sie heute selbst ab oder wie?«

Iwan nahm seinen Mantel und ging hinaus auf die Straße.

»Wie geht es dir?« fragte Iwan, als er auf sie zuging.

»Du hast doch gesagt, daß du ohne mich zugrunde gehst«, sagte Elja leise und kraftlos.

Auf Iwans Gesicht war eine unbestimmte Mimik zu sehen, genau wie damals, als sie zu ihm gesagt hatte ›Sie sind ein Genie‹.

»Na gut, fahr schon weg«, sagte sie und ließ ihn innerlich los. Iwan stand da.

»Setz dich rein. Mach dir Musik an, damit du's beim Fahren lustiger hast.«

Sie mokierte sich über ihn. Er war beleidigt.

»Das ist schon nicht mehr deine Sache«, sagte er. »Ich fahre so, wie ich will.«

Iwan stieg ein. Ließ den Motor an. Das Auto fuhr los.

Elja stand da und schaute ihm nach. Sie glaubte einfach nicht, daß er wegfuhr. Sie wartete: Jetzt würde er wenden und zurückkommen. Er konnte doch nicht vor ihr fortlaufen. Das war doch ein Witz. Gleich würde er um die Ecke biegen, dort wo das Schild ›Uhrmacher‹ hing. Sie würde ihm entgegengehen und das Auto umarmen. Selbst wenn er nicht mehr rechtzeitig bremsen könnte oder ihr einen kleinen Schubs versetzen würde.

Elja stand vier Stunden lang so da. Von zwei bis sechs. Das war ihre Zeit gewesen. Der trockene Schnee bedeckte ihre Haare und Augenbrauen wie mit Puderzucker. In der Ferne stand ein bronzener Gogol, dem der Schneesturm schon eine weiße Mütze aufgesetzt hatte. Eine große Krähe ließ sich darauf nieder und versank mit den Krallen im Schnee. Elja dachte, daß die Krähe jetzt zu ihr herüberfliegen würde. Sie würde sie ebenfalls für ein Denkmal halten.

Ein großes schwarzes Auto hielt neben Elja an. Ihm entstieg ein Mann mittleren Alters, ein ›Papachen‹, mit Halbglatze und fragte akzentfrei auf russisch:

»Soll ich Sie mitnehmen?« – Das hatte er anscheinend auswendig gelernt.

Elja verstand zuerst nicht, was er wollte.

»Soll ich Sie mitnehmen?« wiederholte das Papachen.

Elja nahm ihre Mütze ab – die sie in ihrem früheren Leben selbst gestrickt hatte – und schüttelte mit energischen Bewegungen den Schnee von ihr ab. Sie sagte:

»Ja. Nehmen Sie mich mit.«

8

Papachen

Das Papachen stellte sich als Vertreter einer westdeutschen Firma heraus. Er arbeitete für eine gewisse Zeit in Moskau.

Ein westlicher Unternehmer in Moskau hat gewisse Privilegien im täglichen Leben: Lebensmittel aus den *Berioska*-Läden, Kleidung aus den Valutageschäften, ein ausländisches Auto, Karten fürs *Bolschoi*-Theater und schöne Frauen.

Papachens Wohnung lag am Kutusowskijprospekt und war ein halbes Stockwerk groß. Rauhfaserwände, mit wasserfester Farbe gestrichen, an den Wänden echte Gemälde – die russische Avantgarde der dreißiger Jahre. Papachen verstand etwas von Kunst.

Elja fiel vom ›entwickelten Sozialismus‹ direkt in den Kapitalismus. Und das Papachen fiel von seinen zweiundfünfzig Jahren direkt zurück in die Jugend. Papachen war Witwer. Seine Frau Paola war vor zehn Jahren gestorben. Damals wollte Papachen nicht mehr leben. Dann stumpfte er ab. Er lebte weiter aus Gewohnheit. Der Nebel der Alltäglichkeit breitete sich vor ihm aus.

Elja und Paola glichen sich wie zwei Wassertropfen, nur daß Elja jünger und schöner war. Papachen dachte: ›Das ganze Leben liegt noch vor mir. Nun ja, nicht das ganze, aber die zweite Hälfte, die wesentlichere, wenn man den Gesamtentwurf des Lebens bedenkt. Und überhaupt, was für einen Unterschied machte das, wenn man noch leben wollte.‹

Elja heiratete ihn.

Sie ließen sich standesamtlich trauen. Es war ein Standesamt speziell für Ausländer, in einem schönen alten, einzeln stehenden Haus. Auch das war ein Privileg des Alltagslebens.

Eine ältliche Tante mit einer breiten Schärpe quer über dem massigen Körper kam sich offensichtlich vor wie die Fee mit dem Zauberstab. Sie hielt ein Dokument in Plastikfolie in der Hand und faselte feierliches Zeug. Papachen fing plötzlich an zu lachen. Die ältliche Tante kam aus dem Takt und verstummte. Elja befürchtete, daß jetzt noch was schiefgehen könnte. Aber alles ging glatt.

Sie flogen vom Flughafen ›Sheremetjewo II‹ ab.

Der Flughafen sah aus wie ein Zigeunerlager vor dem Aufbruch. Geöffnetes Gepäck, Feldbett,

Koffer, Bündel und wartende gekrümmte Rükken, die wie Bündel aussahen. Es fehlten bloß noch Lagerfeuer und Zelte.

Elja fiel auf, daß die Menschen auch bei endlosen Wartezeiten ihr Leben organisieren und ihre überflüssige Zeit mit etwas ausfüllen. Ein Mann und ein kleiner Junge spielten Schach. Eine alte Frau mit Wollsocken an den Füßen lag mit gottergebener Miene auf einem Feldbett. Es schien ihr gleichgültig zu sein, wo sie den Tod erwartete: zu Hause, im Flughafen oder dort, wohin man sie mitnahm. Und sie wurde nur mitgenommen, weil man sie nicht im Stich lassen konnte und es keinen Ort gab, wo man sie hätte unterbringen können.

Das Papachen füllte routiniert die Zollformulare aus. Elja schaute ängstlich um sich: Das alles sah nach einem Massenexodus aus. Unter den Auswanderern waren viele Balten und Armenier. Aus irgend einem Grund hatte sie immer geglaubt, daß nur die Juden auswanderten. Nach Israel und Amerika. Nach Israel, weil es ihre historische Heimat ist, und nach Amerika, weil das ein ›internationales Studentenwohnheim‹ für alle ist.

Elja hielt es vor Neugier nicht aus und fragte einen blonden jungen Mann mit einem Plastikstrohhut:

»Sagen Sie mal, warum wandern Sie aus?«

Der junge Mann sah sie aus übernächtigten Augen mißmutig an und schwieg.

Elja und Papachen kamen an die Glasscheibe, die die Fluggäste von den Begleitpersonen trennt.

Papachen gab das Gepäck auf.

Sie stellten sich in einer Schlange an, die zwar nicht lang war, sich aber nur langsam vorwärts bewegte.

Ein junger Kerl in sowjetischer Militäruniform saß in einem großen Kasten hinter Glas, wie ein Parfümflakon im Karton. Er studierte mit strenger Miene die Pässe. Er lernte zuerst das Visum auswendig, kontrollierte es, dann schaute er den Besitzer des Passes mit durchbohrendem Blick an. Er rechnete damit, daß er ihn damit in Verlegenheit bringen würde, falls er kein reines Gewissen hätte, falls er Waffen oder Rauschgift schmuggelte. Er würde durch den Blick unsicher und nervös werden und sich um Kopf und Kragen bringen.

Die Wartenden begegneten dem allwissenden Blick ohne Angst. Sie zeigten, daß sie nichts zu befürchten hatten. Und dann gingen sie weiter, zu jener Tür, hinter der schon das andere Leben begann, das von einem anderen Bewußtsein geprägt war.

Vor Elja stand ein Armenier in der Schlange. Ein

bißchen seitwärts von ihm saß auf einem Bündel eine winzige, verschrumpelte Greisin, die einer schwarzen, vertrockneten Wurzel glich. Sie zitterte leicht, entweder vor Kälte oder vor Altersschwäche und konnte nur noch sitzen oder liegen.

»Zeigen Sie die Alte«, sagte der Paßbeamte streng.

»Wie soll ich sie Ihnen zeigen?« wunderte sich der Armenier.

»Ich muß ihr Gesicht sehen.«

Der Armenier ging auf die alte Frau zu. Er hob sie hoch und trug sie auf dem Arm wie ein Kind.

Der Paßbeamte schaute in ihr Gesicht – es war schon nicht mehr das Gesicht eines lebendigen Wesens. Schnell senkte er den Blick.

»Gehen Sie«, gab er seine Erlaubnis.

»Anusch!« rief der Armenier gereizt.

Anusch, eine junge Frau, stand an der Seite und schaute mit zurückgelehntem Kopf und zusammengekniffenen Augen ins Weite. Dort, wohin sie schaute, hinter der Glasscheibe, stand ihre halbe Straße, ihre Freunde und Verwandten. Sie hatten sich dicht umeinandergeschart, schauten schweigend mit düsterem Blick zu Anusch, als wenn sie sich von einer Toten verabschiedeten. Nur daß die Tote noch lebte.

Anusch grub ihre Gesichter in ihr Gedächtnis ein.

Die armenische Familie hielt die ganze Warteschlange auf. Aber niemand bedrängte sie. Die Schlange schwieg bedrückt. Und wartete.

»Anusch!« rief der Armenier wieder und ließ die Greisin los. Sie setzte sich sofort auf den Boden.

Elja traten Tränen in die Augen.

›Ilja‹, dachte sie. Alles Schlechte, alle Ungerechtigkeit der Welt assoziierte sie mit Ilja. Obwohl Ilja mit den Ereignissen in Berg-Karabach, Gott sei Dank, nichts zu tun hatte.

Papachen nahm Elja vom Gogol-Denkmal in eine westeuropäische Kleinstadt mit.

In einer halben Stunde kam man um die ganze Stadt herum. Im Zentrum stand das Rathaus und das Bordell.

Die drei Mädchen, die dort arbeiteten, lehnten aus den Fenstern. Der Bequemlichkeit halber hatten sie sich ein Kissen unter den Busen geschoben. Die vierte spazierte unten auf und ab und fror, weil sie so dünn war.

Elja kam hier oft vorbei, und deshalb grüßte sie die Mädchen. Sie grüßten zurück. Die Mädchen waren nicht schick wie im Film, sondern ganz normale Mädchen vom Dorf. Sie ähnelten ›Vera-der-Geschiedenen‹, als sie noch jung war.

Auf dem Marktplatz stand eine Kirche, die unter Denkmalschutz stand. Elja ging nicht ein einziges Mal hinein. Ihre Wallfahrtsorte waren die Kaufhäuser und die kleinen, teuren Boutiquen. In den Boutiquen kaufte sie nichts, sah sich nur alles an. Sofort kamen piekfeine Verkäuferinnen auf sie zu und schauten Elja an, als hätten sie ihr Leben lang nur auf sie gewartet. Elja schämte sich rauszugehen, ohne etwas gekauft zu haben.

In den Geschäften gab es alles. Aber damit einem dieses ›alles‹ gehörte, mußte man morgens, mittags und abends arbeiten. Nachts mußte man sich ausschlafen, damit man morgens früh aufwachte und wieder arbeiten konnte.

Papachen war erschöpft. Er redete wenig. Und wenn er redete, dann nur über Ausgaben. Und wenn Elja redete, dann redete sie nur über Klamotten.

Sie wollte einen Popelinemantel und fand ihn. Ihr ganzes Herz hing an ihm, und sie kaufte ihn. Aber als sie ihn zu Hause auspackte, merkte sie, daß er ihr nicht stand. Die olivgrüne Farbe machte sie zu blaß. Sie brachte ihn wieder ins Geschäft und tauschte ihn gegen einen hellbeigen um, der etwas länger war. Sie ging wieder nach Hause, und als sie ihn genauer ansah, merkte sie, daß er zu hell und zu lang war. Sie kürzte ihn, und dabei vermurkste sie ihn. Das war's, der Mantel war im Eimer. Und für einen anderen würde sie kein Geld bekommen.

Elja konnte zwei Nächte lang nicht schlafen. Sie hatte Alpträume. Sie wollte sich trösten: Was ist schon ein Mantel? Ein Gegenstand, mehr nicht. Aber plötzlich wurde ihr die Parallele zwischen diesem Gegenstand und ihrem Leben klar: Sie hatte Tolik gefunden. Und geheiratet. Dann gegen Igor eingetauscht. Den wollte sie gegen Iwan eintauschen – das war das Kürzen und Vermurksen. Und jetzt saß sie in einem fremden Land. Mit einer fremden Sprache.

Und wer war daran schuld? Ilja. Wenn er nicht gewesen wäre, hätte sie Tolik nie geheiratet, wäre nicht nach Moskau abgehauen, hätte sich nicht in das Auto zu diesem Fabrikanten gesetzt...

Wenn Papachen zur Arbeit ging, hinterließ er eine Einkaufsliste und den Geldbeutel. Elja ging ins Geschäft. Eine rundliche Verkäuferin nahm die Liste, einen Einkaufswagen und legte alles Gewünschte hinein. Im Geschäft war es ruhig, nur wenige Kunden waren da, und es gab alles, was man sich nur wünschen konnte. Und das nicht wegen eines Feiertages, sondern einfach so. ›Und das ist das Land, das wir im Krieg besiegt haben‹, dachte Elja.

Papachen deckte den Tisch gern selbst. Er schnitt auf einem Brettchen den Käse in dünne Scheiben, dann garnierte er mit etwas Frischem. Er schnitt aus einer Paprikaschote einen Stern und machte aus einer Apfelsine eine Chrysantheme. Obwohl er hungrig war, verwendete er auf diese Vorbereitungen eine halbe Stunde, anders tat er's nicht. So war er auch in der Liebe: langsam, genau und gründlich.

Eines Tages, als sie an den Geschäften vorbeischlenderte, sah Elja den Persianer. Der Persianer war ein Mantel aus beige-rosa Karakulfell. Er mußte gefärbt sein, denn solche Schafe gab es nicht mal im Kapitalismus. Der rosa Traum setzte sich in Eljas Seele fest. In so einem Pelz an ›Vera-der-Geschiedenen‹ vorbeizulaufen, an Ilja, an Iwan Alibekow; geheimnisvoll und unerreichbar wie eine rosarote Schäfchenwolke am Horizont.

Elja machte bei Papachen in bezug auf den Persianer eine Andeutung. Sofort wandte Papachen vernünftig ein, daß solche bourgeoisen Sachen jetzt nicht mehr modern seien. Jetzt seien wattierte Baumwollmäntel in Mode, solche wie man sie in Moskau in den Geschäften für Arbeitskleidung kaufen konnte; für elf Rubel in sowjetischer

Währung. Sie waren natürlich schwer, weil sie mit Watte gefüttert waren, aber dafür ganz aus Naturfaser, reine Baumwolle.

Elja hörte Papachen zu Ende an und sagte: »Geizkragen.«

Papachen gab zu, daß das stimmte, und erklärte ihr den Grund für seinen Geiz: Er lebte von den Zinsen seines Kapitals, das Grundkapital selbst rührte er nicht an.

Elja hatte schon bemerkt, daß für Papachen die Beschäftigung mit Geld Arbeit und Hobby zugleich war. Mehr als das Geld liebte er nur seine Tochter Karla, ein zwanzigjähriges Kalb. Und für sie, so erriet Elja, sparte er das Grundkapital. Er selbst und seine russische Ehefrau mußten sich mit den Zinsen begnügen.

Papachen war Witwer. Also war Karla Halbwaise. Das arme Waisenkind war etwa zwei Meter lang, hatte kurzgeschnittene, nach hinten gekämmte Haare – wie Stalin. Sie meditierte und konnte fliegen – im Sinne von über dem Boden schweben. Selbst hatte Elja das nicht gesehen, aber Papachen bestätigte, daß sie es wirklich konnte.

Sie wohnten, Gott sei Dank, in verschiedenen Wohnungen. Papachen wohnte in der Stadt und Karla in einer Villa außerhalb der Stadt, zusammen mit ihrem Geliebten, einem Rauschgiftsüchtigen. Selbst nahm sie auch ganz gern mal was. Das waren wohl die Momente, in denen sie fliegen konnte.

Von Zeit zu Zeit tauchte Karla bei ihrem Vater auf, sehr wahrscheinlich wegen Geldanlegenheiten. Sie machte den Eisschrank auf und sagte böse:

»Was ist denn das? Vergiftest meinen Vater mit verdorbenen Eiern?«

Auf den Eiern war als Verfallsdatum der Vortag angegeben.

Zum Geburtstag kaufte Papachen Elja einen Pullover aus schwarzer Angorawolle mit Goldstickerei. In Moskau hätten alle vor Freude einen Schock gekriegt. Aber Elja wußte: Sie bekam einen Pullover, und Karla bekam einen kleinen *Volkswagen* mit Automatik. Die russischen Männer schenken einem Kleinigkeiten: ein Glas Konfitüre, einen Strauß Blumen – aber sie kaufen es von ihrem allerletzten Geld. Papachen kaufte es von den Zinsen. Er hatte sogar geldgierige Finger und roch immerzu an ihnen: während der Arbeit und auch beim Essen. Das war sein Tick.

Elja bekam Heimweh. Sie brauchte etwas Russisches. Sie ging in einen Laden, in dem es russische Bücher gab, und kaufte sich einen Band Solschenizyn für fünfzehn Mark. Sie las ihn. Aber es war irgendwie sinnlos, ihn hier zu lesen. Sie hatte niemanden, mit dem sie darüber reden konnte. Niemand war da, mit dem sie ihr neues Wissen hätte teilen können. Die zu Hause raren Bücher lagen hier stapelweise im Geschäft. Niemand kaufte sie. ›Was brauchen die hier unser Leben?‹ dachte Elja.

An der Ecke hatten Türken ihren eigenen Laden in Brand gesetzt. Sie wollten das Geld von der Versicherung. Der Laden war nicht ganz bis auf die Grundmauern abgebrannt, Metall schmolz vor sich hin. Zersplitterte Glasscheiben lachten sie wie mit Haifischzähnen an. Eine einzige Grimasse des Kapitalismus. An all dem schritt ein Mann mit großem Hut und stark gepudertem Gesicht vorbei.

Elja schaute auf den Laden, auf den Päderasten und dachte, daß sie gleich die Hände ausbreiten und ohne Flugzeug in ihr Land zurückfliegen würde. Heim zu ihrer Sprache. Zu ihrer Mutter. Zu ihrem Sohn.

Aber im zwanzigsten Jahrhundert fliegt man nicht mit ausgestreckten Armen, sondern mit dem Flugzeug.

Elja wollte von Papachen einen Flug nach Moskau, und er war merkwürdigerweise sofort einverstanden. Aber Karla machte ihr einen Strich durch die Rechnung. Sie hatte in einer Bar eine Flasche in eine Vitrine gefeuert, die Glasscheibe und eine ganze

Batterie Weinflaschen zertrümmert, und nun mußte dem Besitzer der Schaden ersetzt werden.

Papachen beklagte sich bitter über die nicht eingeplante Ausgabe. Er hatte dieses Geld für die Reise vorgesehen, aber plötzlich war alles anders. Nun zeigte sich, wovon Elja abhängig war: davon, wie sich Karla in irgendeiner Bar benahm, davon, was ihr in ihren angedröhnten Kopf kam. Elja zitterte vor Wut und schrie Papachen auf russisch an. Und sogar auf tatarisch, insofern es stimmt, daß die vulgärsten russischen Schimpfwörter aus dem Tatarischen stammen. Papachen verstand überhaupt nichts, aber das war auch gar nicht nötig, denn auch so war alles klar von Eljas Gesicht abzulesen. So ein Gesicht hatte seine Frau Paola nie gemacht. Papachen wurde plötzlich klar, daß das vergangene Leben, das Glück, für immer dahin waren. Die russische Frau mit den mondhellen Haaren und er waren sich nicht wirklich nahgekommen. Paola war tot. Sie kam nicht wieder, selbst wenn er nicht nur seine Zinsen, sondern auch das Grundkapital opfern würde. Und er hätte es geopfert. Barfuß und obdachlos würde er durch die Straßen ziehen, Hauptsache mit Paola. Sie war nicht so schön und nicht mehr so jung wie diese Russin. Aber sie gehörte zu ihm. Und die da war ihm fremd. Nichts, was ihm teuer war, war ihr etwas wert: weder das Geld noch seine Tochter. Noch verstand sie sein kompliziertes Leben. Sie verstand es nicht und wollte es auch gar nicht verstehen.

Papachen fing an zu weinen. Elja verstummte. Auf einmal ging ihr durch den Kopf, daß sowohl sie als auch er – zwei Menschen in verschiedenen Teilen der Welt – einen Schiffbruch überlebt hatten. Und sie hatten aus zwei Wrackteilen ein neues Schiff bauen wollen, um sich über Wasser zu halten. Aber die Wrackteile paßten nicht zusammen. Es waren die falschen Stücke...

Elja umarmte Papachen und fing selbst an zu weinen. In diesem Moment erwachte in ihnen beiden etwas Menschliches.

Papachen wurde weich und versprach Elja das Geld für den Persianer, die Reise nach Moskau und Geschenke für ihre Verwandten.

Jeden Samstag fuhren sie übers Wochenende zu Papachens Eltern. Sie wohnten auf dem Lande in einem eigenen Haus.

Der alte Vater war achtzig, die Mutter zweiundachtzig. Sie waren noch klar bei Verstand, aber das war gar nicht so wichtig. Elja beherrschte ihre Sprache sowieso schlecht und verstand nicht, wovon sie redeten.

Vor dem Besuch des Sohnes und der Schwiegertochter ging die alte Frau in die Konditorei nebenan und kaufte Kuchen mit frischen Beeren darauf: Brombeeren, Himbeeren und Erdbeeren. Zuunterst war eine dünne Schicht Blätterteig, darauf drei Finger hoch frische Sahne und darauf die frischen Beeren. Und über dem Ganzen eine hauchdünne Schicht Gelee, damit die Beeren nicht runterfielen.

Elja konnte sich nicht beherrschen und aß vier Stück davon. Ihr Magen dehnte sich bis unters Zwerchfell aus, so daß sie kaum noch atmen konnte.

Elja stand vom Tisch auf und ging aus dem Zimmer direkt in den Garten, um zu rauchen.

Das Stück Land vor dem Haus war winzig, aber das Gras darauf gut gepflegt. Auf dem Gras standen gestreifte Liegestühle. Ein Tischchen. Auf dem Tischchen stand ein Schwein aus Porzellan mit einem weiten Rock und einem Hut.

Irgendwann hatte sie das alles schon einmal erlebt: dieselbe Schwere im Körper, dieselbe Sehnsucht, dasselbe Schwein. Nur daß das damalige Schwein ein lebendiges war, und das hier war aus Porzellan. Und damals stand an Karlas Stelle Kirjuscha.

Wozu die weite Reise, die lange Fahrt, die vielen

Zwischenstationen, wenn man doch wieder genau an denselben Punkt gelangte?

Ihr Mann stand hinter ihr und rauchte. Er hielt die Zigarette dicht ans Gesicht, als ob er an seinen Fingern riechen würde.

Das Flugzeug landete im Flughafen ›Sheremetjewo II‹.

Igor kam nicht, um sie abzuholen, seine Frau ließ ihn nicht weg. Sich aufzulehnen, wagte er nicht, denn seine neue Frau war schwanger und hatte somit den Vorteil auf ihrer Seite: hinter Elja lag die Vergangenheit, vor ihr aber lag die Zukunft.

Das Gepäck brauchte lange. Erst nach achtzig Minuten tauchte es auf dem Förderband auf. Achtzig Minuten sind eine lange Zeit. Elja schlenderte in ihrem rosa Pelzmantel hin und her und dachte darüber nach, wo sie einen Gepäckwagen herbekommen könnte. Einige Fluggäste, die gewitzter gewesen waren, hatten einen ergattert. Aber die meisten schüttelten ärgerlich die Köpfe.

Elja ging ganz nach hinten, wo die Zollbeamten saßen. Vielleicht waren es auch keine Zollbeamten, jedenfalls junge Männer in Uniformen, die sich zu einem Grüppchen zusammengerottet hatten, wie eine Schar Spatzen. Sie unterhielten sich über irgend etwas.

»Entschuldigen Sie, wo kann ich einen Gepäckwagen herbekommen?« fragte Elja.

Die Zöllner drehten sich nicht mal um und unterhielten sich weiter.

Elja wiederholte ihre Frage.

Einer von ihnen wandte sich um und fragte mit
sadistischem Vergnügen:

»Woher sollen wir das wissen? Beschäftigen wir
uns hier vielleicht mit Gepäckwagen?«

»Aber was soll ich denn machen?« fragte Elja
verstört. »Die Koffer mit den Geschenken sind
zweimal so schwer wie ich.«

Ihre Frage schlug in stumme Rücken und blieb
in der Luft hängen. Keine Antwort. Kein Laut.
Elja kam es so vor, als hätten sie sich absichtlich
hier versammelt, um sich über sie lustig zu machen.

»An den Füßen aufhängen sollte man euch«,
brummelte Elja vor sich hin. »Ihr ›Arbeiter‹, ihr.
Ihr eßt euer Brot auch umsonst.«

Elja ging mit wüsten Rachegedanken weiter. Ihr
Heimweh war wie weggeblasen, wie Sodbrennen
nach einem Schluck Sodawasser.

Endlich kam das Gepäck. Elja nahm ihre Koffer
und schleppte sie wie ein Wolgatreidler durch den
ganzen Raum bis zum Zoll.

9

›Die Millionärin‹

Den ganzen Samstag lang buken sie Piroggen, und den ganzen Sonntag über aßen sie sie auf. Die Piroggen waren mit Äpfeln und mit Kirschen gefüllt; die mit den Kirschen waren besonders gut.

Vera war nach zwei Geburten auseinandergegangen, war teigig geworden, wie nicht durchgebackenes Brot. Die Geschenke nahmen sie dankbar entgegen, aber in ihren Augen fing Elja die Enttäuschung auf: ›Sie hätte ruhig noch mehr mitbringen können, die Millionärin.‹

In den Augen der alten Kisljuk las Elja: ›Na, du hast ihn ja nicht gewollt. Aber Tolik hat noch eine Bessere gefunden. Jetzt sitzt du da mit deinem Plunder, aber wir haben die Kinder.‹

Elja brachte den alten Kisljuks ein Blutdruckmeßgerät mit, denn beide neigten zu Hypertonie. Das Gerät war teuer und unersetzlich. Morgens mißt man den Blutdruck, und schon weiß man, wie's um einen steht, ob man sich noch in dieser oder schon an der Grenze zu jener anderen Welt befindet. Wenn etwas nicht in Ordnung ist, nimmt man Tabletten und lebt weiter.

Der alte Kisljuk freute sich wie ein Kind, aber seine Frau ließ sich nichts anmerken.

Für Tolik brachte Elja eine Lederjacke mit und für Kirjuscha ein paar Kleinigkeiten. Nur fürs erste, bis er mit ihr in sein neues Zuhause reisen würde. Aber Kirjuscha schnitt ihr sofort das Wort ab und erklärte, daß er nirgendwohin fahren würde, weil er und Goscha ganz dicke Freunde waren.

Da stieg das Stimmungsbarometer bei der alten Kisljuk, und bei Elja fiel es.

»Was soll man da machen?« fragte sie verstört und sah Tolik an.

»Soll er erwachsen werden, dann kann er selbst entscheiden«, sagte Tolik.

»Was soll er sich in der Welt herumwehen lassen wie ein trockenes Blatt«, sagte der alte Kisljuk streng. »Der Mensch soll da leben, wo er geboren ist.«

»Warum das denn?« fragte Tolik.

»Weil hier sein Haus steht. Hier ist seine Erde.«

»Das haben sie euch ja gut eingebleut...«, bemerkte Tolik.

»Und euch? Was hat man euch schon beigebracht?« fiel die alte Kisljuk ein.

Elja stand auf. Sie ging auf den Treppenabsatz vors Haus. In der Dunkelheit lag dasselbe Schwein wie damals unter dem Baum – oder vielleicht war es auch ein anderes. Am Himmel stand derselbe Stern.

Sie zündete sich eine Zigarette an.

Die Nacht war still. *Die Wüste spricht zu Gott.* Elja dachte an Igor. An seine Sucht. Na und? Igor hatte trotzdem wieder geheiratet und war nicht einmal gekommen, um sie abzuholen. Und auch Tolik lebte weiter. War nicht gestorben. Was hätte sie denn gewollt? Daß sie sich Asche aufs Haupt streuten?

Tolik kam heraus. Er blieb hinter ihr stehen.

»Vielleicht hat deine Mutter recht?« meinte Elja. »Vielleicht hätte ich Kinder kriegen sollen und sie aufs Leben vorbereiten. Wie Vera.«

»Aber du bist nicht Vera«, antwortete Tolik.

Sie schwiegen.

»Wie heißt die Straße, in der du wohnst?« fragte Tolik.

»Engelstraße.«

»Von Engels?«

»Nein. Von ›Engel‹.«

Vera trat heraus, sie hielt ein Kind auf ihrem vorgestreckten Bauch.

»Sie schläft ein«, sagte sie und gab Tolik das schläfrige kleine Mädchen.

Tolik trug das Kind vorn auf der Brust. Vera

legte sorgsam die Ärmchen und Beinchen um Tolik, als lege sie ihm eine kugelsichere Weste an.

Ihre Mutter sagte: »Wenn du willst, schick ich Ilja für eine Zeitlang weg, wenn du hier bist. Und wir beide sind dann ganz allein, so wie früher.«

»Nicht nötig«, entgegnete Elja. »Ich bleib ja nicht lang.«

Elja schlenderte durch die Stadt ihrer Kindheit. Sie erkannte sie wieder und auch nicht. Das Studentenwohnheim stand an demselben Fleck; es wurde jetzt von anderen Studentinnen bewohnt. Sie verkauften genau wie sie damals unter der Hand Klamotten, brieten Kartoffeln und brachten junge Männer mit. Alles war genau wie früher und doch anders. Wie in einem Leben nach dem Leben. In den Geschäften standen die Leute Schlange, die Lebensmittel waren schlecht, die Gesichter düster. Eine Putzfrau wischte den Boden. Elja trat auf eine schon geputzte Kachel, sie konnte ja schließlich nicht durch die Luft fliegen. Die Putzfrau sah sie an und riß vor Haß die Augen weit auf. Elja stand in ihrem rosafarbenen Persianer da, der lang war und breite Schultern hatte wie eine kaukasische *Burka*. Ein fremder Duft ging von ihr aus. Die Putzfrau schnappte den unbekannten Geruch auf und flüsterte:

»Nutte...«

Elja hatte ihrer Mutter eine pelzgefütterte Jacke mitgebracht und Ilja einen Mantel mit Gänsedaunenfutter. Ilja sagte, den würde er zum Fischen anziehen. Er schätzte das Geschenk nicht.

Abends kamen die Nachbarn.

»Und wo arbeitest du?« fragten die Nachbarn.

»Wieso?« Elja tat, als verstehe sie nicht.

»Na, man muß doch irgendwas tun.«

»Tu ich doch. Ich lebe.«

»Und ist dir das nicht langweilig?«

»Nein. Überhaupt nicht. Im nächsten Jahr mache ich eine Rundreise und seh mir Klöster an.«

»Wozu?«

»Einfach so.«

Ihre Mutter sah die Nachbarn gequält an. Sie genierte sich für ihre Tochter in der Öffentlichkeit. Bei uns gilt: Wer nicht arbeitet, der soll nicht essen. Aber Elja arbeitete nirgends und aß doch.

Nach drei Tagen fuhr Elja wieder weg, und es kam ihr so vor, als sei es für immer.

Ihre Mutter weinte, wer weiß warum. Elja war ganz ruhig. Sie ließ ihre Mutter in Iljas Obhut. Den Sohn überließ sie seiner Heimat. Das Land der Perestroika. Sie würden alle gut ohne sie zurechtkommen.

Vor dem Fenster standen Birken, hinter den Birken war ein rotes Auto. Neben dem Auto stand etwas Rosabeigefarbenes. Elja.

Iwan war verblüfft, aber gleichzeitig auch nicht. Einerseits war Elja weit weg und konnte unmöglich hier sein. Aber er träumte von ihr so oft und leidenschaftlich, daß sich dieser Traum wohl materialisiert hatte. Es gab ja auch Scheinschwangerschaften bei Hunden.

Vor Iwan saß ein Patient, latenter Alkoholiker, ein Funktionär des Komsomol.

»Einen Moment«, bat Iwan. Er nahm sein Jakkett von der Stuhllehne und rannte schnell auf die Straße hinaus.

Er ging Elja entgegen. Er wollte fragen: ›Wie geht es dir?‹ Aber er schwieg. Er verschlang sie mit den Augen. So fressen die hungrigen Möwen am Strand, wenn sie versuchen, ein paar Brotkrümel gleichzeitig aufzupicken. Genauso schaute Iwan sie an. Er war bemüht, so viel als möglich von Elja in sich aufzusaugen, ihr Gesicht, ihre Hände und Beine.

Er liebte sie, wie er niemanden sonst je geliebt hatte. Im reifen Alter, mit reifen Gefühlen. Er wäre ihr gefolgt, jetzt auf der Stelle, nur im Jackett, wohin immer sie wollte. Aber Iwan wußte, wie alles enden würde. Egal, wohin er auch ginge, er würde zu guter Letzt doch mit Tanja zu Hause vor dem Fernseher sitzen.

Iwan sah Elja an. Plötzlich verschwamm das Bild vor seinen Augen: Er sah Elja in einer Wattejacke, wie sie Gefangene tragen. Dann sah er sie wieder im teuren Pelzmantel.

»Fahr zurück«, sagte Iwan.

»Warum?« fragte Elja verwundert.

»Sie werden dich ins Gefängnis bringen. Ich habe dich in einer Wattejacke vor mir gesehen.«

Elja lachte.

»Keine Angst. Das ist jetzt modern.«

Elja streckte Iwan eine große Tragetasche hin. Darin waren Kindersachen für jede Saison.

Iwan umarmte Elja. Er fühlte unter seinen Fingern den zarten Pelz, saugte den unbekannten Geruch in sich auf.

»Bist du nicht zugrunde gegangen ohne mich?« fragte Elja.

»Doch. Ohne dich kann ich nicht mehr hypnotisieren. Ich hab auf dich gewartet.«

»Wozu?«

»Damit du mich erlöst.«

»Und wie geht's zu Hause?«

»Schlecht.«

In Elja stieg Hoffnung auf. Gleich würde er sagen: ›Komm, wir fangen von vorn an.‹ Aber er schwieg. Sein Talent war also geschrumpft, mit seiner Frau lief es schlecht – aber trotzdem ließ er alles beim alten.

Elja erfaßte eine unendliche Leere; es war das einzige echte Gefühl, das sie empfand.

Elja kehrte zurück in ihren goldenen Käfig. Das Flugzeug war gerade gelandet. Die Fluggäste applaudierten dem Piloten, dankten ihm für die weiche Landung. Aber dann fingen die Probleme an. Das Bodenpersonal streikte, die Gangway wurde nicht herangerollt. Der Streik dauerte eine ganze Schicht lang – acht Stunden. Acht volle Stunden saßen die Passagiere im Flugzeug fest. Schließlich konnte man nicht einfach aus dem Bauch des Flugzeugs auf den Asphalt springen.

Das Flugzeug begann in der Sonne zu glühen. Elja zerfloß in der Hitze, wie der türkische Laden, verfluchte den Kapitalismus samt den Gewerkschaften, die zu dem Streik aufgerufen hatten. Da hast du deine Demokratie! So eine Schweinerei gab es zu Hause nicht. Elja hatte jetzt schon Sehnsucht nach Kirjuscha, nach ihrer Mutter, nach ihrer unglücklichen Liebe zu Iwan. Ihr wurde klar, daß sie zurück wollte. Ihr Leben im Westen war wie ein japanischer hängender Garten: schön, aber ohne Wurzeln. Zu Hause hatte sie Wurzeln, aber es war nicht schön. Und warum mußte man überhaupt wählen? Warum konnte man nicht in zwei Ländern leben? Warum mußte sie von Papachen, Karla und den Zinsen eines fremden Kapitals abhängig sein? Sie mußte etwas Eigenes haben.

›Meins‹ sagen die Kinder. Also lag ›meins‹ in der Natur des Menschen.

10

Alles oder nichts

Ein halbes Jahr später kam Elja wieder nach Moskau, diesmal mit dem Zug. Keine Geschenke. Alles war zum Verkauf bestimmt.

Elja war keine Krämerseele. Sie war eine Spielernatur, eine Roulettespielerin. Und wenn sie etwas in Angriff nahm, dann gab es nur ›alles oder nichts‹.

Aus dem heruntergekommenen Igor hatte sie einen Star gemacht, der nicht mehr trank. Iwan hatte sie seiner Familie wiedergegeben. Das war zwar nicht ihr Ziel gewesen, aber das stand auf einem anderen Blatt. Jetzt wollte sie sich einen dritten Mann vornehmen: Kirjuscha. Wozu seine Kräfte an anderer Leute Söhne verschwenden, wenn man einen eigenen hat? Kiril Kisljuk. Sollte er erst mal volljährig werden, dann konnte er wählen oder in zwei Ländern leben. Oder in fünf. Dahin geht sich doch alles. Bald werden sich die Menschen frei auf dem Planeten bewegen können, wie Turgenjew oder wie Gogol und sogar Lenin.

Kirjuscha könnte in Letitschew leben, dort war

sein Haus, sein Grund und Boden. Dann könnte er zu seiner Mutter reisen, auch dort hätte er ein Zuhause. Er könnte nach Italien in Urlaub fahren, zur Unterwasserjagd. Und im März in die Alpen zum Skifahren. Natürlich ging das nur, wenn man Geld hatte; Kapital oder noch besser, Zinsen vom Kapital. Und wenn man Glück hat, Zinsen von den Zinsen.

Zum Hauptgeschäftspartner wählte sich Elja den *Mangel,* die Lücken der Planwirtschaft, die Grimasse des Sozialismus.

Im Westen setzen die Geschäfte zweimal im Jahr ihre Preise herunter. Vor den Läden stehen Kisten mit Schuhen, Metallständer voller Kleider, Jacken und Mäntel. Man konnte darin herumwühlen wie im eigenen Schrank.

Für die Kapitalisten lohnt es sich nicht, alte Ware aufzuheben. Lagern ist teurer als verramschen. Deshalb verkaufen sie zum halben Preis. Und warum sollte man das nicht in einem anderen Land zum dreifachen Preis weiterverkaufen? Ihr braucht es nicht? Aber wir brauchen es. Die sowjetische Frau will auch schön sein und ist bereit, dafür jeden beliebigen Preis zu zahlen.

Elja wurde eine fliegende Händlerin neuen Typs. Ihr Bauchladen waren volle Schachteln, Reisetaschen und riesige Koffer auf Rollen. Elja thronte über ihren Schätzen wie der Eiffelturm über Paris.

Die Minajews holten sie mit zwei Autos vom Bahnhof ab.

Elja wohnte nicht im Hotel, sondern in der Wohnung an den Patriarchenteichen, bei Igors Mutter. Innerhalb einer Stunde verwandelte sich die Wohnung in eine einzige riesige Schublade: in der wurde gewühlt, herausgezogen, anprobiert, geschrien vor Entzücken, wieder probiert und weitergewühlt. Frauen, Ehefrauen, Ehemänner, geschäftstüchtige Georgier, Tee trinken mit echtem englischen *Lipton*-Tee, Kekse aus dem *Berioska*-Laden, elegante Schnapsflaschen: das schicke Leben, ein Hauch von diesem *anderen* Leben, der anderen Lebensweise.

Elja hielt Hof, nannte lässig Preise. Diese Preise und teure Düfte schwebten über den Köpfen. Das alles war so schön, daß man sich geschämt hätte, lange zu feilschen. Abends kam Besuch, oder sie ging ins Restaurant mit vollem Make-up und einem unbeschreiblich schönen Kleid. Das Kleid würde schon morgen verkauft sein und das Make-up-Set auch. Sie mußte aufpassen, damit sie keinen Fleck auf das Kleid machte, aber notfalls würde es auch mit Fleck verkauft werden. Iwan Alibekow fuhr sie mit dem Auto überall hin. Aber was war das für eine Liebe: fahr mich hierhin, hol mich dort ab, zähl das Geld nach.

Elja ging nachts um drei schlafen, und wenn sie um zwölf Uhr mittags aufwachte, zählte sie mit schwerem Kopf die Rubel. Alle Scheine waren dabei, von Dreirubelscheinen bis zu den Hundertern. Sie machte es wie der Tschechowsche Ionitsch: die Hunderter extra, die Halbrubelstücke auf einen Haufen, die Zehner auf einen anderen. Es kam gutes Geld zusammen, oder besser gesagt, viel Geld. Gut konnte man es nicht nennen. Obwohl: Elja zog den Leuten nicht den letzten Rubel aus der Tasche. Nein, sie nahm ihnen nur das überflüssige Geld ab, das, was sie ihr freiwillig gaben.

Das Geld legte sie in Pelzen und Bildern an. Dort im Westen gab es keine solchen Talente und keine solchen Tiere.

Auch zurück fuhr sie mit dem Zug. Mit dem Flugzeug hätte sie nicht alles mitnehmen können. In Tschop an der Grenze ging die Schnüffelei los. Sie war jedesmal schweißgebadet. Diesen jungen Männern war es völlig schnuppe, daß sie eine schöne Frau war und schließlich fast eine Ausländerin. Sie wühlten in ihren Sachen wie ein Vergeltungskommando. Einmal mußte sie aussteigen. Die Beamten schikanierten sie wegen eines Ge-

mäldes. Es stellte sich heraus, daß es als Volks-
kunstgegenstand galt, von hohem Wert war und
nicht ausgeführt werden durfte. Als ob das Bild
im Westen weniger wertvoll würde.

Sie mußte alles dalassen, konnte froh sein,
selbst mit heiler Haut davongekommen zu sein.

Sie ließ alles stehen und liegen – um von vorn
anzufangen. ›Meins‹ zog sie an wie ein Hasard-
spiel. Sie konnte einfach nicht aufhören.

Einmal, als sich die Gelegenheit ergab, kaufte
Elja für ihre Rubel Valuta. Na und? In allen Ban-
ken der Welt wird eine Sorte Geld in eine andere
umgetauscht, und es gibt einen offiziellen Kurs.

Elja war schließlich nicht daran schuld, daß
der Rubel nicht konvertierbar war. Irgend
wer war sicher daran schuld, aber sie jedenfalls
nicht.

Igors Mutter war schon daran gewöhnt, alles,
was von Elja kam, für richtig und gut zu halten.
Aber sogar sie war leicht erstaunt.

»Mädchen, wozu brauchst du so viel Geld?«
fragte sie.

»Damit ich von Zins und Zinseszins leben
kann«, antwortete Elja.

Igors Mutter hatte ihr Leben lang von ihrem
Lohn gelebt, dann von ihrer Rente, und Begriffe
wie ›Kapital‹ und ›Zinsen‹ lagen außerhalb ihres

Vorstellungsvermögens. Ganz zu schweigen von ›Zinseszinsen‹.

»Hast du nicht Angst, daß sie dich verhaften?« fragte Igors Mutter und senkte die Stimme.

»Wer denn?« lachte Elja.

Sie dachte, daß sie ein Kind dieser Erde war und unantastbar. Sie gehörte der Menschheit und nicht irgendeinem Staat. Aber ihr Schicksalszug fuhr unterdessen seiner Endstation entgegen. Die Endstation hieß ›Gefängnis‹.

Eines Nachts um eins klingelte es lange und hartnäckig an der Tür.

Igors Mutter fragte:

»Wer ist da?«

Jemand antwortete:

»Machen Sie auf. Miliz.«

Elja ging zur Tür und sagte streng:

»Unserer Verfassung nach ist es verboten, sowjetische Staatsangehörige nach zwölf Uhr nachts zu behelligen.«

Die, die vor der Tür standen, diskutierten nicht. Sie schlugen kurzerhand die Tür ein und kamen rein.

»Setzen Sie sich«, sagten sie zu Elja. »Beantworten Sie unsere Fragen.«

Die bleiche Elja, die mit einem Schlag hellwach war, sagte trocken:

»Nach unserer Verfassung sind Verhöre nach zwölf Uhr nachts verboten.«

Der Verfassung ungeachtet, nahmen die Beamten Elja ins Kreuzverhör bis um vier Uhr, dann führten sie sie ab.

Igors Mutter rief ihren Sohn an. Schließlich war er ein berühmter Schauspieler und hatte Einfluß. Sie bat ihn, sich für Elja einzusetzen, sich an jemanden zu wenden, irgendwo anzurufen.

»Was? Wohin? Wen denn?« fragte Igor unwillig.

»Bei der Tscheka«, erklärte Igors Mutter.

Igor überlegte und sagte:

»Ich geh da nicht hin. Die mischen sich ja auch nicht in meine beruflichen Angelegenheiten. Mit welchem Recht misch ich mich dann in ihre? Wenn sie sie verhaftet haben, werden sie schon wissen warum.«

Igors Mutter rief die Minajews an. Die kannten ganz Moskau. Vielleicht hatten sie *dort* genau *den*, den man jetzt brauchte.

Katja Minajewa sagte sanft, daß sie zweifellos *dort* genau *den* kannten, den man jetzt brauchte. Aber daß sie sich an den nur ein einziges Mal wenden könnten. Und dieses einzige Mal müßten sie sich für sich selbst aufheben. Man konnte ja nie wissen …

Igors Mutter rief Iwan Alibekow an.

»Ich hab es gewußt«, sagte Iwan. »Ich habe eine Vision gehabt.«

»Vielleicht kann man etwas machen?« hakte Igors Mutter schüchtern nach.

»Das ist Schicksal«, sagte Iwan hoffnungslos. »Sie muß ihren Kelch bis zur bitteren Neige trinken. Wir alle müssen das.«

Igors Mutter setzte sich auf das Sofa zwischen die überall verstreuten Kleidungsstücke. So saß sie bis zum Morgen, dann zog sie sich an und ging los.

Sie wußte nicht, wohin sie gehen sollte, aber sie wußte genau, daß man irgendwohin gehen mußte, daß man etwas unternehmen mußte.

Ein Mann mit beginnender Glatze sah sie aus Fischaugen an.

»Wissen Sie, sie ist ein so guter Mensch«, beschwor ihn Igors Mutter. »Lassen Sie sie frei, sie wird es nicht mehr tun.«

Sie fing an zu weinen.

Der Mann sagte ihr, daß es eine Gerichtsverhandlung geben würde. Das Gericht würde alles entscheiden.

Er hatte viele Tränen gesehen. Fremdes Leid gehörte zu seinem Beruf.

Igors Mutter erreichte, daß sie Elja sehen durfte.

Sie sah sie im Besuchsraum des Gefängnisses. Elja kam in Anstaltskleidung zu ihr heraus. Sie schien dicker geworden zu sein, aber vielleicht war sie auch nur aufgedunsen.

»Was kriegst du hier zu essen?« fragte Igors Mutter.

»Für dreiundvierzig Kopeken am Tag«, antwortete Elja.

Sie hatte von Zins und Zinseszins leben wollen und endete mit dreiundvierzig Kopeken am Tag.

»Weißt du, was die Zinsen sind?« fragte Igors Mutter. »Die Enkelkinder. Die Kinder sind das Kapital, und die Enkel sind die Zinsen. Andere Zinsen gibt es nicht.«

Sie schwiegen eine Weile. Elja bat: »Sagen Sie niemandem, daß ich hier bin. Sollen meine Freunde und Verwandten hier denken, daß ich *dort* bin. Und dort sollen sie denken, daß ich hier bin.«

»Brauchst du keine Unterstützung?« fragte die alte Frau.

»Wozu?«

»Es ist doch schwer, diesen Weg allein zu gehen.«

»Ich bin so oder so allein. In Moskau bin ich allein. Und im Westen bin ich allein. Und im Gefängnis auch. Wo ist da der Unterschied?«

Elja sah die alte Frau klar und ruhig an.

»Und doch gibt es einen Unterschied«, widersprach die Alte.

Da kam ein Milizionär und sagte:

»Ihre Zeit ist um.«

»Meine Zeit ist um«, wiederholte Elja.

»Nein, sie ist nicht um.« Igors Mutter faßte Elja am Ärmel. »Ich warte auf dich. Ich lebe extra weiter, nur um auf deine Entlassung zu warten.«

Elja wollte fragen: ›Und wozu?‹ Aber sie schwieg. Die alte Frau glaubte noch an etwas.

Die alte Frau war jung.

*Bitte beachten Sie auch
die folgenden Seiten*

Viktorija Tokarjewa
im Diogenes Verlag

Zickzack der Liebe

Erzählungen. Aus dem Russischen
von Monika Tantzscher

Die Menschen der Viktorija Tokarjewa rebellieren gegen ein Leben, das mit der Regelmäßigkeit eines Uhrwerks abläuft und keinen Raum für spontanes Glück läßt. Sie träumen vom Überschwang des Herzens und von leidenschaftlicher Liebe – zu deren Unbedingtheit sie sich dann doch nicht entscheiden können. Das Leben zu zweit erscheint wie ein spannender Kampf ›zwischen Wahrheit und Lüge‹. Ironisch und mit Herzblut erzählt eine selbstbewußte Autorin von den Partnerschaftsnöten emanzipierter sowjetischer Frauen.

»Viktorija Tokarjewa schreibt keine tendenziöse Frauenprosa; die Frauen kommen nicht besser weg als die Männer, mögen sie auch völlig anders sein. Mit kinematographisch geschultem Blick beobachtet sie – Absolventin des Leningrader Filminstituts und Verfasserin zahlreicher Drehbücher – Menschen in ihrem privaten und beruflichen Alltag, sensibel und doch auf Distanz, wie ihr Vorbild Čechov.«
Ilma Rakusa / Neue Zürcher Zeitung

Mara

Erzählung. Deutsch von
Angelika Schneider

Die ehrgeizige Mara hat nur zwei Ziele: Macht und Geld. Da sie beides mangels Ausbildung auf direktem Wege nicht erreichen kann, geht sie den Umweg über Männer.
In *Mara* entwirft die Autorin das psychologisch feinfühlig gezeichnete tragikomische Bild einer modernen russischen ›femme fatale‹.

»Ihre Erzählungen führen sehr direkt an das Wesen der Menschen heran. Was sie sagt, sagt sie in äußerst gedrängter Form. Eine ›Vaterschaft‹ Čechovs scheint vor allem im Umgang mit der Sprache, in der Beobachtungsgabe und im manchmal fast melancholischen Humor durchzuschlagen. Und obwohl Viktorija Tokarjewa in der Sowjetära lebt, sind ihre Figuren zeitlos, sieht man von den wenigen Tönen des Zeitkolorits ab. Wieviel klingt da mit.«
Regula Heusser / Neue Zürcher Zeitung

Happy-End

Erzählung. Deutsch von Angelika Schneider

Aus purem Trotz heiratet Elja viel zu früh den sie naiv vergötternden Tolik und zieht mit ihm zu seinen Eltern in ein russisches Provinznest. Als sie an der Langeweile des Kleinstadtlebens zu ersticken droht, verliebt sich Elja in den Schauspieler Igor, der so wunderschön Lermontow rezitiert. Sie zieht mit ihm nach Moskau. Aber Igor ist Alkoholiker und hat seit Jahren keine guten Rollen mehr gespielt...

»Die große Kunst der Viktorija Tokarjewa besteht im äußerst sparsamen Gebrauch der erzählerischen Mittel. Überflüssige Details zu vermeiden und auf kürzestem Weg ins Herz der Dinge und der Menschen vorzudringen ist die Maxime der Autorin. Ihre Erzählungen sind von geradezu elementarer Wucht. Sie ist eine Meisterin.« *Frankfurter Allgemeine Zeitung*

»Vor allem aber liegt der Zauber von Viktorija Tokarjewas Schreibweise in einem Čechovschen Humor, der das schwere Leben leichter macht, dazu in gelegentlichen Ausflügen ins Träumerisch-Phantastisch-Absurde, im Witz der Formulierung, der den Geist vom Druck der Verhältnisse befreit.«
Deutsche Welle, Köln

Lebenskünstler

und andere Erzählungen
Deutsch von Ingrid Gloede

»Viktorija Tokarjewas Geschichten sind seit jeher von großer Anmut, allesamt Kunst-Stückchen, die einem die Vorstellung von Leichthändigkeit suggerieren. Nicht jedoch von Leichtgewichtigkeit. Die Genrebilder aus dem sowjetischen Alltagsleben, die die Autorin in ihrem Kaleidoskop aufleuchten läßt, sind nichts weniger als heiter, sie sind stellenweise sogar niederdrückend und bestürzend. Wenn sie uns dennoch ein Schmunzeln entlocken, dann liegt das daran, daß die Tokarjewa über einen ausgeprägten Humor verfügt und diese Gabe durchweg einsetzt. Es ist kein Humor der satirischen Art, eher eine sanfte Ironie, gewürzt mit einer Prise Traurigkeit und einem vollen Maß an mitmenschlichem Erbarmen.«
Sabine Brandt / Frankfurter Allgemeine Zeitung

»Viktorija Tokarjewa psychologisiert nicht. Sie erzählt. In einem Ton und mit einer Sicherheit, die nicht den geringsten Zweifel zuläßt, daß hier eine großartige Autorin zu entdecken ist.«   *NDR, Hamburg*

»Sie erzählt von Menschen – erstaunlich emanzipierten Frauen –, die einem Ideal nachjagen, dauernd im Aufbruch begriffen sind und doch an den realen Bedingungen klebenbleiben wie an Leimruten.«
Die Weltwoche, Zürich

Sag ich's oder sag ich's nicht?

und andere Erzählungen
Deutsch von Ingrid Gloede, Angelika Schneider
und Monika Tantzscher

Sag ich's oder sag ich's nicht? lautet die bange Frage, die sich durch das Leben einer jungen Frau zieht wie ein roter Faden. Als reife Frau hält sie Rückschau auf alle Gelegenheiten, die sie durch ihr langes Abwägen verpaßt hat. Als sich eine letzte Gelegenheit bietet, wagt sie schließlich den Sprung ins Ungewisse.

Je suis, tu es, il est ist die Geschichte einer alleinerziehenden Mutter, deren ganzer Lebensinhalt ihr Sohn ist. Eines Tages bringt der Sohn ein junges Mädchen mit nach Hause. Die Mutter findet die junge Frau unsympathisch und wartet, daß ›der Besuch‹ wieder geht. Da teilt der Sohn ihr mit, daß das Mädchen seit ein paar Tagen seine Ehefrau ist.

Pascha und Pawluscha heißen zwei Freunde, die unterschiedlicher nicht sein könnten: Pascha, der Introvertierte, ist Lehrer in einer Sonderschule und geht in der Sorge um ›seine‹ behinderten Kinder auf. Pawluscha, der Sunnyboy, interessiert sich vor allem für Autos und wie man sie gewinnbringend weiterverkaufen kann. Trotzdem verbindet die beiden eine lange Freundschaft – bis Pawluscha eines Sommers auf der Krim dem Freund die Freundin ausspannt…

»Viktorija Tokarjewas Erzählungen sind durchdrungen von trockenem Witz und warmem Humor, distanziert und engagiert zugleich.«
Süddeutsche Zeitung, München

Doris Dörrie
im Diogenes Verlag

»Doris Dörrie ist als Erzählerin Spezialistin in diffizilen Angelegenheiten der kleinen Rache und gezielten
Ohrfeigen zum Zwecke der Unterstützung des eigenen Selbstwertgefühles. Sie ist eine sehr gute Kurzgeschichten-Schreiberin mit der erforderlichen Prise
Selbstironie und mit stilistischer Eleganz.«
Annemarie Stoltenberg/Die Zeit, Hamburg

*Liebe, Schmerz
und das ganze verdammte Zeug*
Vier Geschichten

»Was wollen Sie von mir?«
und 15 andere Geschichten

Der Mann meiner Träume
Erzählung

Für immer und ewig
Eine Art Reigen

Love in Germany
Deutsche Paare im Gespräch mit Doris Dörrie
Unter Mitarbeit von Volker Wach

Erich Hackl
im Diogenes Verlag

Erich Hackl, geboren 1954, lebt nach längeren
Aufenthalten in Spanien und Südamerika in Wien.
»Seine Fähigkeit, aus den zur Meldung geschrumpften
Fakten wieder die Wirklichkeit der Ereignisse zu
entwickeln, die Präzision und zurückgehaltene Kraft
der Sprache lassen an Kleist denken.« (Süddeutsche
Zeitung). Für *Auroras Anlaß*, ein »großartiges De-
büt« (Le Monde), erhielt Erich Hackl den Aspekte-
Literaturpreis, nach *Abschied von Sidonie*, »einer
meisterhaften Erzählung, ist er eine der großen Hoffnungen der deutschsprachigen Literatur« (FAZ).

Auroras Anlaß
Erzählung

Abschied von Sidonie
Erzählung

König Wamba
Ein Märchen. Mit Zeichnungen
von Paul Flora